CONSPIRATION 365

Gabrielle Lord

Traduit de l'anglais par Ariane Bataille

CONSPIRATION 365

AOÛT

RAGEOT

La mise au point des textes médiévaux a été réalisée
avec l'aide précieuse de Christine Cancel.

Couverture : La cidule*grafic/Nathalie Arnau.

Suivi de la série : Claire Billaud et Guylain Desnoues.

ISBN 978-2-7002-3415-2

Cet ouvrage a d'abord paru sous le titre *Conspiracy 365 : August*
chez Scholastic Australia Pty Limited en 2010.
Cette édition est publiée avec l'accord de Scholastic Australia Pty Limited.

À Angie et Claire.

Je m'appelle Cal Ormond,
j'ai seize ans,
je suis un fugitif...

Les personnages de mon histoire...

Ma famille : les Ormond

• **Tom** : mon père. Mort d'une maladie inconnue, il a emporté dans la tombe le secret de notre famille qu'il avait découvert en Irlande. Il m'appartient désormais de percer le mystère de la Singularité Ormond grâce aux dessins qu'il m'a légués.

• **Erin** : ma mère. Elle croit que j'ai agressé mon oncle et ma sœur. J'aimerais tant lui prouver mon innocence !

• **Gaby** : ma petite sœur, 9 ans. Elle est ce que j'ai de plus cher au monde. Elle est toujours très faible, mais elle est désormais soignée au domicile de Ralf.

• **Ralf :** mon oncle. Il est le frère jumeau de mon père. Dérouté par son attitude depuis la disparition de ce dernier, je ne peux m'empêcher de me méfier de lui.

• **Bartholomé :** mon grand-oncle. Il a transmis sa passion de l'aviation à mon père. Quand je me suis réfugié auprès de lui dans sa propriété de Kilkenny, il m'a livré de précieux renseignements sur notre famille et conseillé de rendre visite à sa sœur Emily pour l'interroger. Sa mort m'a beaucoup affecté.

• **Emily :** ma grand-tante, sœur de Bartholomé. J'ai récupéré ses documents sur la généalogie des Ormond au couvent de Manressa.

• **Piers :** un jeune homme mort au combat en 1918 pendant la première guerre mondiale. Un vitrail du mausolée de Memorial Park le représente sous les traits de l'ange dessiné par mon père. Lui aussi menait des recherches sur la Singularité Ormond. Drake Bones, le notaire de notre famille, détient son testament.

• **Black Tom Butler :** dixième comte d'Ormond et cousin de la reine Elizabeth Ière. Elle lui aurait offert le Joyau Ormond pour le remercier de ses loyaux services.

Les autres

• **Boris :** mon meilleur ami depuis l'école maternelle. Passionné par le bricolage, très ingénieux, c'est un pro de l'informatique. Il est toujours là quand j'ai besoin de lui.

• **Le fou :** je l'ai rencontré la veille du nouvel an. Il m'a parlé le premier de la Singularité Ormond et conseillé de me cacher 365 jours pour survivre.

• **Dep :** le « Dépravé » est un marginal qui m'a sauvé la vie et hébergé dans son repaire secret. Il m'a aidé à récupérer l'Énigme Ormond chez Oriana de Witt et à dérober le Joyau Ormond dans le coffre-fort de Vulkan Sligo.

• **Oriana de Witt :** célèbre avocate criminaliste à la tête d'une bande de gangsters, elle cherche à m'extorquer des informations sur la Singularité Ormond. J'ai réussi à lui voler l'Énigme Ormond.

• **Drake Bones :** notaire des Ormond et représentant légal d'Oriana de Witt. Il a promis de me fournir une copie du testament de Piers Ormond et de me dévoiler une information capitale concernant l'enlèvement des bébés jumeaux.

• **Kevin :** jeune homme à la solde d'Oriana de Witt. Il a une larme tatouée sous l'œil.

• **Sumo :** homme de main d'Oriana de Witt taillé comme un lutteur japonais.

• **Vulkan Sligo :** truand notoire, chef d'une bande de malfrats. Il souhaite lui aussi percer le secret de la Singularité Ormond et me pourchasse sans relâche.

• **Gilet Rouge :** le surnom que j'ai donné à Bruno, l'un des hommes de main de Vulkan Sligo, car il en porte toujours un.

• **Zombrovski :** surnommé Zombie, ce complice de Vulkan Sligo a fait une chute mortelle du clocher de Manressa.

• **Winter Frey :** jeune fille belle et étrange. Après la mort de ses parents, Vulkan Sligo est devenu son tuteur. Elle a beau m'avoir aidé à plusieurs reprises, j'ai du mal à lui accorder ma confiance.

• **Mon sosie :** qui donc est ce garçon qui me ressemble comme deux gouttes d'eau ? Je l'ai déjà croisé trois fois sans pouvoir l'interroger. Serait-il mon frère jumeau ?

• **Jennifer Smith :** elle a été l'infirmière de mon père. Il lui a confié une clé USB pour moi. Elle a été agressée avant de réussir à me la transmettre.

• **Erik Blair :** un collègue de mon père. Il se trouvait en Irlande avec lui et pourrait avoir des renseignements sur son secret.

• **Griff Kirby :** fugueur de mon âge. Il traîne avec la bande de Triple-Zéro.

• **Triple-Zéro :** chef d'une bande de voyous. Il n'a que trois doigts à une main.

• **Nelson Sharkey** : cet ancien inspecteur de police m'a contacté sur mon blog. Il affirme vouloir m'aider.

Ce qui m'est arrivé le mois dernier...

1er juillet

Le filet de pêche qui m'emprisonne est enfin hissé hors de l'eau. Je me retrouve sur le pont d'un chalutier que les garde-côtes abordent pour le fouiller. Le patron accepte de me cacher, mais m'oblige ensuite à travailler pour lui.

Pendant que je prête main-forte à un commerçant pour ranger ses caisses de poissons, je découvre qu'un des matelots de l'équipage est Triple-Zéro en personne. Cette ordure m'enferme dans une chambre froide dans le but de me livrer à la police et d'empocher une récompense. J'échappe de justesse à la mort en faisant exploser la porte.

3 juillet

Je retourne me réfugier dans la villa du bord de mer. Le cauchemar du chien en peluche blanc et du bébé hurlant revient me hanter.

8 juillet

Boris me donne une adresse – « Manressa », Radcliffe – où j'espère trouver ma grand-tante Emily. Le voyage s'avère compliqué car la police intensifie sa surveillance autour de Richmond.

9 juillet

Winter m'annonce qu'elle a surpris une conversation téléphonique et entendu Vulkan Sligo évoquer une inscription à l'intérieur du Joyau Ormond. J'exige qu'elle m'explique pourquoi, sur la photo découverte dans le coffre-fort de son tuteur, elle porte le bijou à son cou. Elle jure n'avoir jamais vu le Joyau. Selon elle, Sligo a trafiqué l'image sur ordinateur.

13 juillet

Après avoir échappé de justesse à Zombrovski en voulant prendre le train, je monte dans un car scolaire qui se dirige vers Radcliffe. Vu les regards trop insistants des passagers, je décide de continuer à pied, en évitant les barrages policiers.

18 juillet

Winter m'avertit que Sligo sait où j'ai l'intention de me rendre. Je dispose de peu de temps pour rejoindre ma grand-tante.

En réalité, Manressa est un couvent. J'y apprends qu'Emily – devenue sœur Constance – s'est réfugiée dans le mutisme depuis vingt ans. Je me demande si je n'ai pas effectué tout ce chemin pour rien... Les sœurs m'offrent l'hospitalité et m'installent dans une cellule pour la nuit. Le confort est limité, mais j'ai connu pire !

19 juillet

Je rencontre ma grand-tante, qui commence par me confondre avec son frère, Bartholomé. Puis elle surprend tout le monde en sortant de son silence.

Emily-Constance ne possède plus ses papiers de famille : ils ont été rangés dans une enveloppe le jour de son entrée au couvent. Apparemment, mon père l'a contactée l'année dernière et elle me met en garde contre la Singularité Ormond qui a signé l'arrêt de mort de tous ceux qui ont essayé d'en percer le mystère.

Elle fait également allusion au rapt dramatique de deux jumeaux – l'un a été sauvé, l'autre jamais retrouvé...

Dans les archives du couvent, je récupère l'enveloppe contenant les documents d'Emily, j'y découvre des lettres de Piers Ormond ainsi qu'un arbre généalogique.

20 juillet

Réveillé au cœur de la nuit par un bruit bizarre, je m'aventure dans le couloir et tombe nez à nez avec Zombrovski qui inspecte les cellules des sœurs ! Il me poursuit à travers le couvent, jusqu'en haut du clocher. Je suis pris au piège. Zombie tente de m'écraser avec la cloche et me rate. Lorsque l'énorme masse de bronze revient vers lui, elle le précipite dans le vide. Il s'écrase, mort, au pied du clocher.

Je m'empresse de rassembler mes affaires avant de me sauver à moto au milieu des tirs croisés des policiers et de Gilet Rouge, le complice de Zombie, bien décidé à venger son ami.

24 juillet

De retour à Richmond, je raconte à Boris mes découvertes au couvent. Nous étudions ensemble l'inscription en français à l'intérieur du Joyau et les lettres de Piers Ormond.

Drake Bones, le notaire de ma famille, laisse un message sur mon blog !

25 juillet

Je téléphone à Drake Bones, qui détient le testament de Piers Ormond. Il m'apprend qu'une de ses clientes est prête à me livrer un renseignement de la plus haute importance si elle obtient l'assurance que je possède le Joyau et l'Énigme.

L'anniversaire de la mort de mon père approche. Je me rends au caveau des Ormond avec Winter. Là, elle me parle de l'accident qui a coûté la vie à ses parents. C'est bien elle que j'ai vue fouiner quelques mois plus tôt dans la casse de Sligo : elle cherchait l'épave de la voiture de son père.

30 juillet

La mystérieuse cliente de Bones n'est autre qu'Oriana de Witt ! Elle se manifeste sur mon blog et me propose un marché : rencontrer le notaire en échange du testament de Piers Ormond et d'une information sur l'enlèvement des bébés jumeaux. Désireux de tirer cette affaire au clair, je téléphone à Bones, qui me donne ses instructions.

31 juillet

Boris et Winter m'accompagnent au rendez-vous fixé avec Bones. Ils m'attendent dans la rue.

Le bâtiment dans lequel je pénètre est une entreprise de pompes funèbres. Au moment où je me saisis d'une enveloppe laissée à mon intention, un individu jaillit de l'ombre et me frappe à la tête. On m'enfonce une aiguille dans le cou. Je perds connaissance.

Plus tard, je me réveille prisonnier d'un cercueil, embarqué vers une destination inconnue. Je ne peux ni bouger ni crier. Je sens qu'on me descend dans une tombe, puis qu'on jette des pelletées de terre sur le couvercle…

C'est le jour de mon seizième anniversaire et je vais mourir enterré vivant…

AOÛT

1er août
J –153

Tombe anonyme
Australie

00:00

Plof...

Plof...

Le bruit s'atténuait, s'éloignait.

Plof...

La fosse se comblait vite. La terre lancée sur le couvercle du cercueil formait un barrage infranchissable entre le monde extérieur et moi.

Une sueur glacée a inondé mon corps. J'allais être enseveli vivant !

Plof...

La terreur et la panique ont fini par dominer les effets de la drogue qu'on m'avait injectée pour m'immobiliser. J'ai tenté de me débattre, de crier, de donner des coups de pied, de griffer le bois. C'était inutile mais l'affolement me faisait perdre la raison, et j'ai continué à m'abîmer les genoux, les coudes, les doigts, la tête contre les parois de mon tombeau.

Réfléchis, Cal. Réfléchis.

Qui avait parlé ?

Est-ce que je délirais ? Avais-je des hallucinations ?

Mon cerveau privé d'oxygène commençait peut-être à défaillir.

L'air. Il fallait que j'économise l'air. J'éprouvais déjà des difficultés à respirer. L'agitation et la panique épuisaient mes maigres réserves.

Je me suis forcé à me calmer.

Le bruit sourd des pelletées jetées à intervalles réguliers avait cessé. Il me semblait qu'on damait le sol à présent.

Puis ce son-là s'est évanoui lui aussi.

C'était fini. Ils m'avaient enterré.

Imaginer le corbillard s'éloigner m'a fait l'effet d'un électrochoc. Même si je me trouvais dans une situation désespérée, je devais conserver ma lucidité. Je me suis contraint à respirer doucement, légèrement.

Soudain, quelque chose a vibré contre ma hanche.

Mon portable !

Bizarre que mes agresseurs ne l'aient pas pris. Ils pensaient sans doute que la drogue me plongerait dans l'hébétude totale... jusqu'à ma mort. Ou peut-être l'appareil avait-il tout simplement échappé à leur vigilance ?

« Au secours, Boris ! ai-je pensé. Pourvu que ce soit toi qui m'appelles. Je t'en prie, sors-moi de là ! »

Le cercueil était si étroit que j'ai dû me contorsionner pour atteindre mon téléphone. En me tordant et en pliant le coude de façon à pouvoir allonger les doigts, j'ai enfin réussi à l'attraper.

Il s'est arrêté de vibrer.

Trop tard ! J'avais raté l'appel !

Il faisait chaud. L'air se raréfiait. J'ai supplié mon portable serré dans ma main de vibrer à nouveau.

J'ai glissé un doigt moite et tremblant vers la touche « haut-parleur ». Je ne pourrais pas approcher l'appareil de mon oreille assez vite, et je ne voulais pas rater ma chance une fois de plus...

À cet instant précis, je l'ai senti frémir. Mon doigt a aussitôt enfoncé la touche.

La voix inquiète de Boris a résonné autour de moi :

– Où tu es, mec ? Qu'est-ce qu'ils t'ont fait ?

– À l'aide, Boris ! Ne me laisse pas mourir !

– Tu es où ?!

– Dans un cercueil ! Ils m'ont enterré ! Je ne sais pas où je suis, mais dépêche-toi ! Je flippe complètement, vieux.

Boris a lâché un juron. Est-ce que j'hallucinais encore ou était-ce vraiment la voix de Winter qui criait :

– Enterré ? On l'a enterré ?

Les mots qui sortaient du haut-parleur ont été brusquement étouffés. Je ne percevais plus les voix de mes amis.

Je me suis mis à hurler :

– Boris ! Winter ! Qu'est-ce qui se passe ? Libérez-moi d'ici ! Par pitié ! J'ignore combien de temps je vais tenir !

J'ai de nouveau distingué la voix de Boris. La ligne grésillait. Pourvu que la communication ne soit pas coupée !

– Tu n'as aucune idée de l'endroit où tu te trouves ?

– Non, à part que je suis enfermé dans un cercueil, six pieds sous terre ! Sans doute dans un cimetière, mais...

À bout de souffle, frustré, je me suis tu une seconde.

– ... peut-être pas, après tout. Ils ont pu creuser cette tombe n'importe où ! Tout ce que je sais, c'est que je suis enterré !

– OK, OK, a répété mon ami.

Il s'efforçait d'analyser l'information et d'imaginer le moyen de me sauver.

– Il faut que vous m'aidiez ! Vous avez vu le corbillard partir ?

J'espérais que Boris, ou Winter, avait repéré le véhicule dans lequel on m'avait embarqué, au funérarium, ainsi que la direction qu'il avait prise. Tous les deux surveillaient la rue pendant mon rendez-vous avec Bones.

– Où que ce soit, il y a un monticule de terre fraîchement retournée. Et moi, je suis juste en dessous !

– Cal, on était postés aux deux extrémités de Temperance Lane. Dès que tu es entré dans le bâtiment, on a compris que c'était une entreprise de pompes funèbres. On n'a vu personne arriver, mais au bout d'un moment, une voiture est sortie – un corbillard, tous phares éteints. On a tenté de le suivre...

– C'était un piège ; on m'attendait. Quelqu'un m'a sauté dessus, assommé, jeté dans un cercueil, embarqué dans un corbillard et enterré ! Il faut que vous me localisiez avant que je meure asphyxié !

– On va te trouver, je te le promets. Il y a un cimetière pas très loin d'ici. On y fonce !

Puis, j'ai entendu la voix de Winter en arrière-plan :

– Et s'ils l'ont emmené ailleurs ?

– Il faut essayer ! a répliqué Boris.

Le peu d'air confiné à l'intérieur de ma terrifiante prison devenait de plus en plus lourd, de plus en plus oppressant. L'oxygène se faisait de plus en plus rare. J'avais la sensation que ma tête enflait.

– Ne coupe pas la communication, Cal. Reste en ligne. Cal ? Tu es toujours là ?

– Je ne sais pas où en est ma batterie. J'ai du mal à respirer.

– On y va ! Vite, Boris ! Ne perdons plus de temps, a crié Winter.

– Ne quitte pas, Cal, garde ton calme. J'ai un logiciel capable de localiser ton portable. Mais pour que ça fonctionne il ne faut surtout pas que tu l'éteignes. Essaie de respirer doucement. Tu devrais pouvoir tenir encore trente ou quarante minutes...

– Dépêche-toi, je t'en supplie...

AOÛT

00:15

Je commençais à avoir des hallucinations dans cette boîte obscure et étouffante. Des démons nébuleux, noirs et rouges, dansaient devant mes yeux.

– Cal ! Tu es là ?

La voix de Boris me parvenait déformée. Était-ce moi qui entendais mal, ou la communication qui était mauvaise ?

Mon cœur cognait à l'intérieur de ma tête et de mon corps, il tambourinait à mes oreilles. J'avais perdu l'Énigme Ormond et le Joyau Ormond. Si Boris et Winter ne me trouvaient pas très vite, j'allais être un cadavre de plus au milieu d'un cimetière.

– Cal ! Tu es toujours avec nous ? a insisté Boris. Dis quelque chose, s'il te plaît. Dis simplement « oui » !

– Oui.

Impossible de déterminer si j'avais prononcé ou seulement pensé ce mot. Des voix tumultueuses se confondaient et se pressaient sous mon crâne. Dont celle de Boris...

– On arrive, vieux ! Reste éveillé, OK ?

Bientôt, l'oxygène emprisonné avec moi dans le cercueil serait remplacé par le gaz carbonique

que mes poumons rejetaient. Inspirer deviendrait mortel. Ma propre respiration m'empoisonnerait.

00:19

J'avais chaud. J'avais froid. Tour à tour, je perdais puis reprenais connaissance. J'étais parcouru de frissons.

– Cal ! Résiste, on est lancés sur ta piste. J'ai activé le logiciel sur mon ordinateur pour localiser ton portable. Ne raccroche surtout pas, hein, mon pote ?

00:26

– Cal ! On est là ! Ton numéro clignote sur mon écran. On approche. Tiens bon ! Je distingue une tombe qui vient d'être creusée ! Regarde, Winter ! Là-bas !

– Vite, ai-je croassé.

Enfin, ils m'avaient trouvé. Le soulagement mélangé à la terreur était presque insupportable.

Puis j'ai entendu Boris crier à nouveau, et mon cœur a failli s'arrêter.

– Oh non ! Il y en a une autre ! Et encore une autre ! Il y a des tas de tombes récentes dans le coin ! Quelle galère ! Mon logiciel ne donne qu'une position approximative. Cal est ici, quelque part... Qu'est-ce que t'en penses, Winter?

– Il faut creuser, Boris!

– Cal? Tu es là? Tu vas bien? Il ne répond plus, Winter! Pas moyen de deviner sous quel fichu monticule il est enterré!

J'ai voulu parler, mais je n'avais plus de forces. Mes amis étaient si proches, et moi, j'étouffais.

De très très loin, j'ai cru distinguer Winter qui sanglotait des mots insensés :

– Je suis en train de creuser, Cal! Je te sauverai! Où es-tu? Réponds! Crie! J'ai besoin d'entendre ta voix pour te localiser!

À moitié conscient, j'ai essayé d'ouvrir la bouche et de l'appeler. Il n'en est sorti qu'un son étranglé, comme dans les cauchemars. L'obscurité tournoyait autour de moi. Des formes folles se bousculaient devant mes yeux. J'ai senti que je m'éteignais.

Puis il m'a semblé percevoir la voix de Boris.

– Winter! Il faut appeler des secours! On n'y arrivera pas seuls. On n'a plus le choix. Tu ne peux pas creuser... pas avec tes mains... Arrête! Winter! Va téléphoner de la cabine qu'on a aperçue de l'autre côté de la rue... Je crois que sa batterie de portable est... morte...

Sa voix me parvenait à travers un brouillard.

– ... Je suis désolé, Cal. On a besoin d'aide. On ne te laissera pas mourir. Cal ? Cal ? Winter va alerter la police... Je regrette, mais c'est la seule solution. Il nous faut du renfort... pour te sortir de là. Si tu en es capable, débarrasse-toi de la carte SIM, Cal. Patience. On va te libérer de là et on recommencera à chercher ensemble la solution du DMO, le Dangereux Mystère des Ormond. On va bientôt se revoir, mon pote, OK ?

J'ai voulu lui répondre, mais les ténèbres se resserraient autour de moi.

La carte SIM ! Avec l'enregistrement de mes appels, elle mènerait directement la police à Boris et à Winter. Après tout ce qu'ils avaient fait pour moi, je ne pouvais pas les exposer. S'ils avaient enfreint la loi, c'était uniquement dans le but de me sauver.

Mon portable s'est éteint. Désormais, j'étais complètement seul. Je n'avais plus que le silence et les fantômes des morts pour me tenir compagnie.

Chacune de mes brèves inspirations me rapprochait de la fin. Je m'efforçais de rester éveillé pour repenser à tout ce que Boris avait dit. Comment me débarrasser de la carte SIM dans ce lieu si exigu ? Il n'y avait aucune cachette possible. À moins...

AOÛT

J'ai rassemblé mes dernières forces pour extirper la carte de mon téléphone avec mes doigts engourdis. Lentement, malgré le sang qui martelait mes tympans et les sons stridents jaillis des profondeurs de mon cerveau, j'ai réussi tant bien que mal à déplacer ma main et à la porter jusqu'à mes lèvres. Puis j'ai tiré la langue et aspiré la carte.

Ma gorge était tellement sèche que je ne pensais pas pouvoir l'avaler.

Un voile noir s'est abattu sur moi.

2 août
J –152

Unité sécurisée
Hôpital Armitage

08:02

J'avais beau tenter de bouger, mes mains ne m'obéissaient pas. Paniqué, je me voyais enterré dans le cercueil… Y étais-je encore ? Puis un vague souvenir est remonté à la surface de ma mémoire : des lumières aveuglantes, des voix… Des visions dues à un début d'asphyxie ?

Mes paupières se sont soulevées péniblement.

Incroyable ! Je n'étais plus dans un cercueil ! J'étais vivant !

Un brouillard gris m'enveloppait. J'ai cligné des yeux une fois, deux fois.

Un goût immonde m'a envahi la bouche. J'avais la gorge enflée, irritée. En léchant mes lèvres desséchées, je me suis rappelé la carte SIM que j'avais eu l'intention d'avaler. La douleur que je ressentais à la gorge semblait indiquer que j'avais réussi.

J'ai cligné des yeux à plusieurs reprises pour y voir plus clair. Le brouillard s'est dissipé. J'ai distingué un verre à côté de moi. Instinctivement, j'ai voulu m'en saisir.

J'ai alors compris pourquoi je me sentais toujours coincé : mes poignets étaient attachés, devant moi, liés par de solides lanières en nylon blanc.

J'ai également pris conscience que j'étais branché à un moniteur et un goutte-à-goutte. On m'avait sauvé la vie... mais pour m'enfermer dans un hôpital !

Le verre était vide. J'ai observé la chambre : elle était exiguë, avec un placard, une chaise près du lit et, dans un coin, un lavabo ressemblant à une vasque de laboratoire. Les murs vert pâle et les dalles de linoléum vert du sol me rappelaient l'Unité de soins intensifs où j'avais vu Gaby pour la dernière fois.

La porte d'entrée de la chambre comportait une petite vitre carrée. L'air ambiant empestait le désinfectant et les médicaments.

AOÛT

Je suis retombé sur le dos, épuisé, perplexe. Je ne gardais aucun souvenir de mon sauvetage. Une fois l'oxygène du cercueil épuisé, j'avais dû perdre connaissance. Mais comment étais-je arrivé jusqu'ici ?

Levant les yeux, j'ai repéré des barreaux devant la haute fenêtre, exactement comme à l'hôpital psychiatrique Leechwood. À présent, je n'avais plus aucun doute. J'étais enfermé dans l'hôpital d'une prison, ou bien dans l'unité sécurisée d'un hôpital public... une unité réservée aux criminels.

Grâce à Boris et à Winter j'avais trompé la mort. Cependant, je ne m'étais tiré d'une situation terrifiante que pour plonger dans une autre. Et j'ignorais comment j'allais pouvoir me sortir de celle-là.

J'espérais que mes amis n'avaient pas d'ennuis avec la police pour avoir porté secours à un hors-la-loi. Sans eux, je serais mort. Sans eux, Vulkan Sligo et Oriana de Witt seraient débarrassés de moi.

08:13

J'ai balancé prudemment mes jambes par-dessus le lit pour m'asseoir et vérifier ce qu'il y avait de l'autre côté des barreaux. Je n'ai vu qu'un mur aux fenêtres identiques à la mienne. En redressant la tête, j'apercevais un coin de ciel.

J'ai traîné les pieds jusqu'au lavabo, en prenant garde de ne pas me débrancher des appareils auxquels j'étais relié, et ouvert le robinet d'eau froide d'un coup de coude. En penchant la tête sur le côté pour boire, j'ai vu briller un objet coincé dans la bonde. J'ai eu du mal à le repêcher avec les mains attachées mais, finalement, mes doigts se sont refermés sur une petite plaque métallique. Il s'agissait d'un bout de lame de scalpel cassée. Un outil pareil pouvait s'avérer utile. Je l'ai gardé et glissé sous le matelas.

Allongé sur le lit, les yeux fixés sur les panneaux du plafond, j'ai repensé à ce que j'avais vécu au cours des dernières vingt-quatre heures. Qui avait cherché à me tuer ? Qui avait jailli du cercueil que j'avais confondu avec un comptoir ? Qui m'avait enterré ? C'était une chose d'assassiner quelqu'un, mais l'ensevelir vivant… Quel monstre voulait ma mort ?

L'odeur familière que j'avais sentie juste avant de me faire attaquer me perturbait… Je ne parvenais pas à l'identifier. Était-ce le parfum d'Oriana de Witt ? L'after-shave de Vulkan Sligo ? Mon esprit sautait d'une hypothèse à l'autre sans trouver de réponse satisfaisante.

Le bruit d'une grosse serrure qu'on déverrouillait a brusquement interrompu le cours de mes réflexions. La porte de ma chambre s'est ouverte en grand sur deux hommes. Le premier portait un uniforme d'infirmier, le deuxième, une mallette à la main, ressemblait plutôt à un policier en civil avec son costume foncé et son pardessus beige.

– Incroyable, toute la presse est en ébullition, a lancé ce dernier en se lissant les cheveux. Jamais je n'avais vu autant de photographes et de journalistes. Une vraie bande de vautours.

– Il est réveillé, a remarqué l'infirmier avec indifférence.

– Je ne suis pas aveugle.

L'homme a fait pivoter la chaise et s'est assis. Puis il a tiré un porte-cartes en cuir de sa poche et m'a fourré son badge sous le nez.

– Inspecteur McGrath, a-t-il annoncé avant de le rempocher aussi sec. Comme ça, on sait tous les deux à qui on a affaire.

McGrath avait un visage étroit et des yeux noisette surmontés de sourcils très fins.

Il m'a fixé intensément tandis que l'infirmier s'affairait autour du moniteur cardiaque.

– Tu as eu beaucoup de chance, Ormond. D'après les médecins, il aurait suffi de quelques minutes de plus pour provoquer des lésions cérébrales irréversibles.

McGrath s'est levé en reculant sa chaise qui a raclé le sol. Il s'est approché du lit. Penché sur moi, à quelques centimètres de mon visage, il a ajouté :

– Ça fait un bon moment que tu nous donnes du fil à retordre, Ormond. Non seulement tu as déjà causé des dégâts considérables, mais tu nous as fait perdre un temps fou. Alors, maintenant qu'on te tient, on veut des réponses.

En prononçant ces mots, il a serré le poing et mimé le geste d'écraser quelque chose.

Je n'ai pas ouvert la bouche. Je n'avais aucune intention de parler.

Sa question suivante m'a littéralement foudroyé.

– Qu'as-tu fait de ta sœur ?

Gaby ? J'ai été saisi de terreur.

– Qu'as-tu fait de ta sœur ? a-t-il répété sur un ton très agressif, en crachant sa question entre ses lèvres serrées. Que peux-tu me révéler sur sa disparition ?

Secoué, j'ai murmuré :

– Ma sœur ? Mais qu'est-ce que vous racontez ? Elle est chez mon oncle, où on la soigne. De quelle disparition parlez-vous ?

L'inspecteur s'est redressé en fronçant les sourcils.

– Je savais que tu étais un menteur de première, là, tu m'épates. On m'avait pourtant prévenu que tu aurais l'air absolument sincère. Chapeau, il faut le voir pour le croire.

Il a interpellé l'infirmier :

– Regardez-moi ce comédien. Pour un peu, il se mettait à chialer !

La colère m'a submergé. J'ai bondi hors du lit et tenté d'arracher les sangles qui me menottaient. McGrath m'a repoussé en arrière et s'est rassis.

Je me suis mis à hurler :

– Qu'est-il arrivé à Gaby ? Elle a été kidnappée ? Quand a-t-elle disparu ? Il faut que je sorte d'ici pour la voir ! Elle est malade ! Elle a besoin qu'on s'occupe d'elle.

– Bouge pas, Ormond. Contente-toi de répondre à ma question. Qu'as-tu fait de ta sœur ?

– Non, c'est vous qui allez m'écouter ! Répondez-moi ! C'est la première fois que j'entends parler de sa disparition ! Que s'est-il passé ?

J'essayais de contrôler ma voix, mais c'était au-dessus de mes forces. En plus, l'inspecteur ne me croyait pas.

Mal à l'aise, l'infirmier semblait sur le point d'appeler du renfort.

– Vous pouvez disposer, je m'occupe de lui, a déclaré McGrath avant de se retourner vers moi. Ormond, nous savons que tu n'agis pas seul. Cette nuit, on a reçu un coup de téléphone anonyme indiquant où tu te trouvais. On a d'abord cru à un canular. Des secours ont malgré tout été envoyés sur place. Tu as été localisé et déterré. L'identité de la personne qui nous a appelés nous intéresse au plus haut point.

Il a sorti son ordinateur portable et l'a allumé. Au bout d'un moment, il a levé les yeux, puis tourné légèrement l'écran dans ma direction.

– Écoute ça.

La voix sanglotante et désespérée de Winter a soudain jailli dans la chambre sinistre.

– *Police-Secours ? Vous devez m'aider ! Je vous en prie ! Mon ami... est... est enterré vivant ! On l'a enfermé dans un cercueil et enterré !*

– *Calmez-vous,* a répondu un opérateur. *Respirez à fond. Où est votre ami ?*

– *Au cimetière d'Infinity Gardens ! Il est enfermé dans un cercueil, sauf que je ne sais pas lequel ! Il y a une dizaine de nouvelles tombes, il est dans l'une d'elles ! Il va mourir si on ne le sort pas de là au plus vite !*

– *Vous dites qu'il est dans un cercueil ? C'est une farce qui a mal tourné ?*

– *Non, ce n'est ni une farce ni un canular ! Je vous en prie, vous devez me croire ! Je vous en supplie ! Il faut le déterrer ! Vite ! Il n'a plus d'oxygène ! S'il vous plaît...*

L'inspecteur McGrath a interrompu l'enregistrement.

Le cerveau en ébullition, je me suis efforcé de conserver un masque impassible. L'appel de

Winter m'avait sauvé la vie; je devais empêcher à tout prix la police de l'identifier.

– Tu reconnais cette voix?

J'ai secoué la tête en tentant de contrôler les battements de mon cœur affolé.

– Je ne l'ai jamais entendue! ai-je crié. Laissez-moi partir, il faut que je retrouve ma sœur!

– Quand tu sortiras de prison, n'hésite pas à tenter ta chance à Hollywood.

Et il a ajouté avec un petit sourire narquois :

– Tu risques d'attendre un bon nombre d'années, remarque, mais c'est sûr que tu joues formidablement bien la comédie.

Je bouillais de fureur et de frustration. Je me tordais les poignets dans l'espoir de faire sauter les sangles, en vain. Je ne réussissais qu'à les resserrer et à me blesser.

– Au lieu de rester assis, vous feriez mieux de vous bouger et de chercher ma sœur! Elle est très malade! Elle a besoin de soins vingt-quatre heures sur vingt-quatre! Si vous ne me laissez pas sortir, c'est à *vous* de la retrouver!

L'inspecteur me fixait d'un air absent. Il était persuadé que je bluffais.

– Pourquoi aurais-je enlevé ma sœur? ai-je continué. C'est moi qu'on a enlevé et enterré vivant!

Mes paroles étaient inutiles. Son visage demeurait impénétrable.

– La fille qui nous a appelés, ta complice, qui est-ce ? C'est elle qui détient Gaby ?

Je lui ai jeté un regard plein de haine.

– La journée promet d'être longue, a-t-il soupiré. Commençons par le commencement.

11:44

L'inspecteur McGrath ne m'a pas lâché une seconde, me répétant sans cesse les mêmes questions, multipliant les ruses pour me faire avouer que j'avais enlevé Gaby, que je savais où elle se trouvait, que mes complices la retenaient quelque part pendant que j'étais ici, en captivité.

J'en avais assez de l'entendre. Il m'épuisait.

– Réfléchissez un instant. Je ne vois pas pourquoi j'aurais enlevé Gaby. Comment je pourrais m'occuper d'elle ? Moi, un fugitif ?

– On ne pense pas que tu as kidnappé ta sœur pour prendre soin d'elle, a-t-il grondé.

– Vous croyez que je lui ai fait du mal ? C'est ce que vous pensez ?

– Ça t'étonne ? À notre avis, tu voulais terminer le boulot commencé en janvier. Ce jour-là, si nos sirènes ne t'avaient pas obligé à fuir, ce sont deux cadavres qu'on aurait sortis de ta maison.

J'ai hurlé :

– Ce n'était pas moi !

Sur ce, une infirmière est entrée avec un plateau-repas. Elle évitait de me regarder et paraissait nerveuse. Ses mains tremblaient tellement que le jus de fruit a failli déborder du verre.

– Tout va bien, a commenté l'inspecteur. Posez le plateau sur la table et laissez-nous.

Elle a hoché la tête et s'est exécutée avant de quitter la pièce, visiblement soulagée.

Le déjeuner se composait d'un bol de ragoût grumeleux et grisâtre, accompagné de carottes bouillies. J'avais soif mais pas du tout faim. Mon inquiétude pour Gaby me coupait complètement l'appétit.

McGrath a tiré de sa poche une pince coupante qu'il a tendue vers mes poignets liés.

– Tu n'essaieras pas de t'enfuir si je te détache ?

– Non.

Il a coupé les sangles et m'a glissé le plateau. J'ai planté la fourchette en plastique dans la bouillie de grumeaux gris, puis je l'ai reposée aussitôt.

– S'il vous plaît, inspecteur, racontez-moi ce qui s'est passé. Où se trouvaient ma mère et mon oncle quand Gaby a été enlevée ? Ils n'ont pas été blessés, au moins ?

McGrath a ignoré ma demande.

– C'est moi qui pose les questions, Ormond. Pourquoi t'es-tu introduit par effraction dans le funérarium ?

– Je ne suis pas entré par effraction. La porte était ouverte, comme Bones l'avait dit.

– Bones ?

– Tout a été arrangé par maître Drake Bones, le notaire de ma famille. Il a fixé le rendez-vous et choisi le lieu : chez son frère, l'entrepreneur de pompes funèbres. On devait échanger là des informations.

Comme l'inspecteur me dévisageait de nouveau d'un air sceptique, j'ai repensé à un détail qui plaiderait en ma faveur :

– Vérifiez sur mon blog, vous pouvez y lire son message. C'était un message privé. Je vous donnerai le code d'accès.

J'espérais que je n'allais pas compromettre Winter par la même occasion.

– Tu commences à me fatiguer, Ormond. Tu t'imagines qu'on n'a pas déjà étudié ton blog ? Ton « maître Bones » n'a absolument rien écrit. Tu es un petit malin mais aussi un imbécile. Comment peux-tu penser une seule seconde nous faire avaler que le notaire de ta famille est entré en relation avec toi – un criminel – si ce n'est pour te conseiller de te rendre à la police ? Bon, revenons-en au cambriolage du funérarium. C'était juste pour voler de l'argent ?

– Quel argent ?

– Tu avais une belle somme sur toi.

– Ça ne prouve rien ! Ceux qui m'ont assommé ont pu la cacher dans mes poches ! Écoutez, c'est Gaby qui compte ! Concentrez-vous sur elle ! Vous devez la retrouver !

– Tu nous donnes des ordres maintenant, c'est la meilleure ! s'est esclaffé McGrath en se redressant et en se mettant à faire les cent pas dans la chambre d'hôpital.

Il a secoué la tête et passé une main dans ses cheveux. Puis, il est revenu à la charge.

– Où est-elle, Ormond ?

– Vous perdez votre temps avec moi ! Et vous laissez les vrais ravisseurs s'enfuir ! Je n'ai rien à voir avec cet enlèvement. Vous n'avez besoin de connaître que deux noms : Vulkan Sligo et Oriana de Witt. Bones le notaire est un pourri. Il travaille pour Oriana de Witt. Ce sont eux les coupables ! Vous devriez enquêter sur eux. Ils veulent quelque chose que je possède. Enfin, que je possédais. Ce sont eux les criminels !

– Ben voyons, s'est moqué McGrath en levant les mains au ciel. Ils adorent kidnapper des petites filles malades, c'est connu. J'en ai assez de tes mensonges et de ta comédie. Je suis là pour que tu me révèles enfin la vérité plutôt que de me raconter des histoires à dormir debout !

Il s'est à nouveau assis près de moi, le buste penché en avant, les coudes sur les genoux.

– Je vais te récapituler ce que nous savons : nous savons que tu as enlevé ta petite sœur. Et nous savons que peu de temps après, tu t'es introduit par effraction dans une entreprise de pompes funèbres. C'est ta propre stupidité, ajoutée à ta conduite criminelle, qui sont la cause de cet enterrement accidentel.

Enterrement accidentel ! J'ai lentement secoué la tête. Pourrais-je jamais le convaincre ?

– Tu as déjà tenté de tuer ta sœur deux fois. Une fois dans la maison familiale, la deuxième dans l'Unité de soins intensifs de l'hôpital où on la soignait. Si tu coopères, si tu nous fournis le nom de ta complice qui détient Gaby en ce moment – si elle est toujours en vie, bien sûr –, j'en toucherai un mot au juge pour qu'il te trouve des circonstances atténuantes et qu'il écourte ta peine.

Ma situation était catastrophique, mais, quelque part, quelqu'un détenait Gaby. Quelqu'un qui ne l'aimait pas, qui se moquait totalement de sa santé. Quelqu'un qui voulait sans doute l'utiliser pour faire pression sur moi... La simple idée du calvaire que ma mère endurait m'était insupportable. J'avais été soulagé qu'elle installe ma petite sœur chez Ralf, même si elle aurait été plus en sécurité à l'hôpital. Pourvu que ses ravisseurs comprennent qu'il était dans leur intérêt de la maintenir en vie.

– Je vous en prie, je crois pouvoir découvrir où elle est. J'accepte de coopérer avec la police, je chercherai avec vous. Laissez-moi les menottes si vous voulez, je vous promets de ne pas m'échapper. La vie de ma sœur compte plus que tout au monde pour moi.

Poussant un juron, l'inspecteur a sauté de sa chaise, m'a saisi par les épaules et s'est mis à me secouer violemment.

– Arrête de nous raconter des bobards, Ormond ! Tu sais où elle se trouve, morte ou vivante, pour la bonne raison que c'est toi qui l'as enlevée ! Tu veux brouiller les pistes avec des histoires de gangsters lancés à tes trousses. Mais j'ai déjà eu affaire à des criminels plus retors que toi.

– Lâchez-moi, écoutez-moi ! Toute ma famille court un grave danger depuis que mon père a découvert un secret en Irlande. Je suis le suivant sur la liste – c'est pour ça que des gens veulent m'éliminer, pour ça que je dois protéger Gaby. Ils l'ont enlevée dans le but de faire pression sur *moi*. La retenir prisonnière leur donne la possibilité de me faire chanter. Vous comprenez ? Ils exigent les informations que j'ai collectées afin de résoudre le mystère des Ormond !

Je perdais mon temps. McGrath affichait un petit sourire qui signifiait « Je ne crois pas un traître mot de ce que tu racontes. »

– Ce ne serait pas plus simple si tu me disais juste ce qui s'est passé ? On finira de toute façon par le découvrir. Voici ce que je te propose : tu me fournis des aveux complets, tu plaides coupable devant le juge et on réduit ta peine. OK ?

– Je vous ai déjà répété que je n'avais rien à voir avec la disparition de Gaby. Bones m'a contacté sur mon blog, on s'est mis d'accord pour se rencontrer chez son frère, sur Temperance Lane, et échanger des informations. Bones intervenait pour le compte d'Oriana de Witt. Je me suis présenté sur le lieu du rendez-vous à l'heure convenue. On m'a attaqué, assommé, puis je me suis retrouvé six pieds sous terre.

– C'est ça, a ironisé McGrath. Bon, voyons si j'ai bien compris. Deux juristes honorables de Richmond décident de rencontrer, dans une entreprise de pompes funèbres, un jeune délinquant en cavale connu pour sa violence, dans le but de le tuer en l'enterrant vivant. Tu crois réellement que je vais avaler ces histoires ?

Évidemment, sa manière de raconter mon agression la rendait plutôt invraisemblable.

À cet instant, on a frappé à la porte. Une policière est entrée dans la chambre. Elle tenait dans sa main des feuilles qu'elle a tendues à l'inspecteur. Après les avoir parcourues en silence, il s'est tourné vers moi.

AOÛT

– Tiens, ce document t'intéressera peut-être, Cal. Il s'agit de la déposition de Mr Alan Bones, entrepreneur de pompes funèbres, le frère de maître Bones. Lis-la.

1er août

Déposition d'Alan Bones

Je m'appelle Alan Bones. Je dormais à mon domicile quand l'inspecteur McGrath m'a téléphoné. Il m'a demandé de venir au poste de police de Richmond Bay dans le cadre de son enquête sur un incident étrange : l'enterrement par erreur d'une personne vivante par mon entreprise de pompes funèbres, Bones, Graves & Digs, sise au 317 Temperance Lane.

Lorsque la police m'a accompagné au funérarium, à l'aube du 1er août, j'ai immédiatement remarqué que la porte de derrière avait été forcée. J'ai ensuite constaté les dégâts occasionnés dans mon magasin – étagères cassées, cercueils saccagés, urnes brisées, rideaux déchirés – ainsi que le pillage de notre tiroir-caisse.

D'après ce que j'ai pu reconstituer, un rôdeur se serait introduit dans nos locaux pour voler de l'argent ou les bijoux des défunts, et trouver un endroit tranquille où passer la nuit.

Il semble qu'après avoir dérobé tout ce qu'il pouvait, il se soit glissé dans l'un de nos cercueils de luxe rangés dans l'arrière-boutique – le modèle Président, en chêne et cèdre rouge vernis avec poignées en argent et doublure de soie. C'est là qu'il se serait endormi.

Nos employés sont arrivés peu après pour procéder à l'ensevelissement d'un autre cercueil, modèle Président, contenant le corps d'un homme récemment décédé. Malheureusement, en l'absence de la famille, ils se sont trompés de cercueil ; ils ont refermé celui dans lequel dormait le cambrioleur, l'ont chargé dans le corbillard, conduit au cimetière, et enterré.

Pourquoi l'individu ne s'est-il pas réveillé et ne leur a-t-il pas signalé sa présence, je l'ignore. Peut-être était-il ivre, à moins qu'il n'ait été drogué ? Quoi qu'il en soit, cet enterrement était le seul prévu pour le 31 juillet.

Je suis choqué qu'un tel incident ait pu se produire. Il s'agit d'une épouvantable méprise, la première depuis la création de notre entreprise en 1911.

Alan Bones

L'inspecteur McGrath a levé les yeux vers moi.

– Alors, qu'en dis-tu ?

– C'est un tissu de mensonges ! Je suis allé là-bas pour rencontrer *Drake* Bones ! Je l'attendais quand on m'a assommé. Je me suis ensuite réveillé dans un cercueil et avant de pouvoir réagir, j'ai senti qu'on m'enterrait !

– Tu admets que tu étais inconscient dans un cercueil...

– Bien sûr que oui ! Sauf qu'il aurait fallu être fou pour y pénétrer de son plein gré !

J'ai frissonné en repensant à la terreur que j'avais éprouvée.

– Après m'avoir assommé, mon agresseur a dû m'y enfermer. Quand je suis revenu à moi, je ne pouvais plus ni bouger ni parler. Tout était flou dans ma tête. Faites-moi une prise de sang ! Vous y trouverez certainement des traces de drogue ou de somnifère !

– Nous avons déjà reçu les résultats de l'analyse toxicologique effectuée par le laboratoire médical. Elle n'a révélé aucun résidu de substance toxique dans ton sang. Ton histoire ne tient pas debout.

– Ils ont dû utiliser un produit qui disparaît très vite ! Ils disposent de moyens considérables.

McGrath a replié la déposition d'Alan Bones et l'a rangée dans sa mallette.

– Je t'accorde une dernière chance de me dire où est Gaby.

Il était inutile de me défendre plus longtemps. Jamais on ne me croirait.

– Tu comprends la gravité des charges qui pèsent contre toi, n'est-ce pas ?

Je n'ai pas répondu.

– Puisque tu refuses de coopérer, tant pis pour toi, je m'en vais.

Emporté par la fureur et la frustration, j'ai hurlé :

– Comment voulez-vous que je coopère ? Je ne peux pas avouer des crimes que je n'ai pas commis ! Vous perdez votre temps avec moi. Enquêtez plutôt sur Oriana de Witt et Vulkan Sligo. Sur Drake Bones. Faites votre boulot ! Retrouvez ma sœur !

De désespoir, je me suis rué vers la porte. McGrath m'a rattrapé avant que je l'atteigne et, en me tordant les poignets, m'a jeté avec une telle force sur le lit que j'ai rebondi et atterri lourdement par terre, de l'autre côté.

Il m'a tiré violemment pour me remonter sur le matelas, m'a immobilisé avant de me passer les menottes.

– Cal Ormond, je vous arrête pour tentatives d'assassinat. Vous avez le droit de garder le silence, mais tout ce que vous direz pourra être retenu et utilisé contre vous. Avez-vous bien compris ?

5 août
J –149

16:00

Par la petite vitre carrée encastrée dans la porte, j'ai observé le policier assis dans le couloir. Il semblait s'ennuyer ferme. De temps en temps, il se levait de sa chaise pour se dégourdir les jambes et bavarder avec les infirmiers. Parfois, il s'approchait de ma chambre et jetait un coup d'œil à travers le carreau.

Une infirmière venait à intervalles réguliers vérifier ma tension et consulter le moniteur auquel j'étais branché. On ne tarderait pas à me transférer de l'hôpital à la prison.

Au moment même où j'avais le plus besoin de ma liberté pour rechercher ma sœur, j'étais bloqué dans cet endroit.

Les heures s'écoulaient avec une lenteur atroce ; chaque seconde aggravait le danger que courait Gaby. J'essayais de ne pas trop y penser.

Je sentais monter en moi une angoisse insupportable. Je devais m'obliger à des actions méthodiques pour me calmer : j'ai entrepris de compter les panneaux du plafond.

Il y en avait douze – douze rectangles blancs maintenus en place par des baguettes. Un panneau d'angle, juste au-dessus du lavabo, était un peu de travers, pas vraiment aligné sur les autres. J'ignore pourquoi, cela m'a agacé. Mes yeux revenaient s'y poser sans arrêt.

J'avais du mal à croire qu'avec tous les malheurs qui me tombaient sur la tête, un panneau mal fixé puisse encore me déranger.

6 août
J –148

10:32

Dévoré par la peur et l'inquiétude, j'arpentais ma chambre en cherchant comme un fou le moyen de m'évader. La disparition de Gaby, la perte du Joyau Ormond et de l'Énigme Ormond, l'ennui, me donnaient une furieuse envie de me jeter contre la porte en hurlant.

Je devais retrouver Gaby afin de la sauver de ses ravisseurs. Pour l'instant, seule ma petite sœur comptait. Récupérer mon sac à dos, contenant le Joyau et l'Énigme, importait peu.

Il me fallait à tout prix m'échapper de l'hôpital. Une fois intégré au système carcéral, enfermé dans un centre de détention en attente de mon jugement, je n'aurais plus l'opportunité de fuir.

Cette unité hospitalière sécurisée représentait mon unique chance.

12:25

Une infirmière inconnue est entrée dans ma chambre. Elle a posé un plateau-repas sur la table de chevet. Cette fois, des petits pois verts flottaient à la surface du ragoût grisâtre.

J'ai tendu mes poignets liés afin que l'infirmière me libère.

– N'y comptez pas, m'a-t-elle prévenu. Vous restez attaché, comme hier soir et ce matin.

Elle est sortie. Je me suis forcé à avaler deux ou trois bouchées de cette mixture infecte avant de me rallonger sur mon lit.

12:31

Une fois de plus, mes yeux ont fixé le panneau de travers, au plafond.

L'inactivité m'obligeait à mettre de l'ordre dans mes idées. Drake Bones ne se contentait sûrement pas de son rôle d'intermédiaire entre Oriana de Witt et moi. Peut-être était-il depuis toujours son infâme complice. En tant que notaire de notre famille, il avait accès à tous les documents concernant la Singularité Ormond.

Il n'aurait eu aucun mal à les subtiliser pour les lui remettre. Ou bien il avait été soudoyé, ou menacé, par l'avocate pour me piéger.

L'enveloppe placée à mon intention chez Bones, Graves & Digs contenait-elle une information... ou n'était-elle qu'un leurre ? Y avait-il quelque chose à découvrir sur les jumeaux kidnappés ? Je me sentais impuissant. Je comprenais à présent quel impact psychologique avait eu sur moi la perspective d'un deuxième rendez-vous avec Oriana de Witt : je m'étais moins méfié du premier, avec Bones. Je m'étais jeté bille en tête dans leur embuscade, aveuglé par l'espoir d'accéder au testament de Piers Ormond et de connaître enfin la vérité sur mon passé.

Boris et Winter, d'un naturel pourtant soupçonneux, s'étaient eux aussi laissés gagner par l'excitation d'en apprendre davantage. Nous avions eu alors le sentiment que rien ne pourrait arrêter notre trio.

J'ai poussé un gémissement. Oriana de Witt avait récupéré l'Énigme et désormais, à cause de moi, elle détenait aussi le Joyau. Les deux moitiés du code à double clé. En plus, elle possédait tous les éléments indispensables pour résoudre le mystère de la Singularité Ormond : l'argent, l'influence, le pouvoir... la liberté. Tout ce qui me manquait cruellement.

J'ai sauté de mon lit et recommencé à arpenter la pièce de long en large, angoissé par la disparition de Gaby, mais aussi miné par mon manque de prudence.

16:58

Entendant des voix assourdies, mais familières, dans le couloir, j'ai bondi hors du lit et couru coller mon oreille contre la porte.

– Écoute, Erin, je t'en prie, essaie de garder ton calme, disait quelqu'un que je connaissais bien.

Ralf s'adressait à ma mère !

– Il est inutile de lui tomber dessus à bras raccourcis en l'accablant de reproches au sujet de Gaby. Ce n'est pas cela qui fera avancer les choses. Il faut qu'il coopère, tu comprends, ma chérie ?

« Ma chérie » ? Depuis quand Ralf s'adressait-il ainsi à ma mère ?

– Tu as sans doute raison.

– Et si la confrontation devient trop pénible, on s'en va. Tu n'auras qu'à me le dire.

– Rassurez-vous, a lancé l'inspecteur McGrath d'une voix bourrue. Il est attaché. Et si jamais il est assez idiot pour tenter quoi que ce soit, vous pouvez compter sur nous.

Leurs pas se sont rapprochés. Je me suis jeté sur mon lit, tremblant de nervosité.

AOÛT

La porte s'est ouverte. Ma mère et Ralf sont entrés ensemble, accompagnés de l'inspecteur et du policier de garde.

Tête baissée, les yeux rivés au sol, ma mère évitait mon regard. Ralf, lui, s'est tourné vers moi.

– Bonjour, Cal.

– Ralf, me suis-je contenté de répondre en guise de salut.

– Cal, ta famille est venue te parler, a annoncé McGrath. Nous allons vous laisser seuls un petit moment, mais nous restons derrière la porte, au cas où.

Et il est sorti, le gardien sur ses talons.

Ma mère a ébauché un mouvement brusque dans ma direction avant de vaciller. Ralf la tenait fermement par les épaules ; il l'a guidée vers la chaise. Je n'aurais su dire si elle avait eu l'intention de me serrer dans ses bras… ou de me frapper.

Mon oncle m'a dévisagé tout en la conseillant :

– Assieds-toi, Erin.

Elle a obéi. Elle avait beaucoup maigri et des cernes creusaient le dessous de ses yeux. Elle paraissait terriblement fragile. Ralf lui aussi semblait épuisé. Ses cheveux avaient blanchi depuis notre dernière rencontre.

Hésitante, ma mère lui a lancé un coup d'œil avant de balbutier :

– Cal, je ne trouve pas les mots.

– Tu pourrais commencer par me raconter ce qui est arrivé à Gaby, et m'expliquer par quel hasard on l'a kidnappée sous votre nez, à tous les deux.

J'ai vu les mâchoires de Ralf se contracter et ses lèvres se tordre sous l'effet de la colère. Il s'est raclé la gorge.

– Ce serait plutôt à toi de nous l'expliquer, Cal.

Il a inspiré profondément, s'est tourné vers ma mère, puis de nouveau vers moi.

– Bien qu'Erin ne m'approuve pas, j'ai décidé de prendre une hypothèque sur la maison afin de financer au mieux ta défense. Maintenant que tu es de retour parmi nous – enfin, que tu as été incarcéré – nous voulons que tu bénéficies des meilleurs avocats de la ville. Mais d'abord, tu dois nous avouer où tu as caché Gaby.

Ma mère a cherché la main de Ralf. Elle l'a serrée très fort – ses jointures ont blanchi – avant de s'affaisser, en larmes, contre le torse de mon oncle.

Désemparé, je suis resté sans voix.

– Nous avons parlé de toi, a repris Ralf, et nous sommes tous les deux d'avis que tu es frappé par une sorte de démence. Si nous pouvons plaider la responsabilité atténuée – c'est-à-dire affirmer que tu ne te trouvais pas dans ton état normal au moment des faits – tu réussiras peut-être à échapper à la prison.

AOÛT

– S'il te plaît, Cal, a gémi ma mère, dis-nous juste où elle est. Je t'en supplie. Elle ne t'a rien fait. Elle t'aime. Arrête de la tourmenter, laisse-la rentrer à la maison. Ce n'est qu'une enfant...

J'étais écœuré. Ils me croyaient sincèrement malade.

Je les ai dévisagés tour à tour, incrédule.

– Vous me prenez donc pour un fou ! Pourtant vous savez bien que jamais je ne ferais le moindre mal à Gaby. Ce n'est pas moi qui l'ai agressée la première fois. Pas plus que je ne l'ai enlevée. Que dire pour que tu me croies, maman ? Papa m'avait averti d'un éventuel danger, il avait raison. Je n'ai rien fait d'autre que m'efforcer de rester en vie. Je n'ai pas revu Gaby depuis le jour où tu m'as surpris près d'elle dans l'Unité de soins intensifs. Pour quelle raison je lui voudrais du mal ? Pour quelle raison je l'aurais enlevée ?

– Cesse de nous mentir, a répliqué ma mère. La police a trouvé ton ADN dans sa chambre, sur le rebord de la fenêtre, sur son lit, sur les meubles. Partout, Cal !

Je me rappelais avoir visité toutes les pièces de la maison de Ralf en janvier. Je cherchais alors les dessins de mon père qui m'étaient destinés. J'avais touché aux tiroirs, aux placards, laissé des empreintes partout, et forcément des traces d'ADN.

– C'est parce que je suis entré chez Ralf, en janvier... ai-je admis.

– Tu quoi ? s'est exclamé mon oncle. Que faisais-tu chez moi ?

J'aurais mieux fait de me taire.

– Oh, non, a crié ma mère, en plus tu as pénétré par effraction chez Ralf !

– Oui, en janvier. Pourtant je suis innocent ! Tu dois me croire, maman. Les gens peuvent penser ce qu'ils veulent, mais pas toi !

– Oh, Cal, j'ai tellement prié et espéré que tu t'en sortirais, malgré...

– Malgré quoi ? Comment peux-tu penser que je suis devenu un tel monstre ? Dis-le-moi ! Il faut que je comprenne.

– Que se passe-t-il ? a aboyé McGrath qui, alerté par nos cris, venait de surgir dans la chambre. Du calme, Ormond.

Puis, s'adressant à ma mère et Ralf :

– Tout va bien ?

– Ne vous inquiétez pas, inspecteur, a grommelé Ralf entre ses dents. Je contrôle la situation.

McGrath a hoché la tête d'un air dubitatif, puis quitté lentement la pièce.

Ma mère avait détourné les yeux. Elle était bouleversée. Je ne parvenais pas à lui pardonner de mettre ma parole en doute et de me cacher mon mystérieux passé. C'était ma mère, elle aurait dû me soutenir coûte que coûte, j'aurais dû pouvoir compter sur elle.

Ralf et elle ont tressailli quand je me suis redressé sur mon lit en criant :

– Même certains serial killers ont le soutien de leurs mères !

Tout en prononçant ces mots, je fixais le visage de la mienne pour lire au fond de ses yeux. Ils avaient une expression bizarre, comme s'ils appartenaient à une étrangère, malgré tout j'ai eu l'impression que ma mère tentait de nouer un certain contact avec moi.

– Pourquoi ne veux-tu pas me comprendre, maman ? Pourquoi m'accables-tu alors que les vrais criminels sont en liberté ! Pourquoi ne me crois-tu pas quand je te jure que je n'ai rien à voir avec l'agression et l'enlèvement de Gaby ? Qu'est-ce qui te prend ?

– Ça suffit ! s'est emporté Ralf. Je t'interdis de parler à ta mère sur ce ton. Si tu l'aimes un tant soit peu, contente-toi de répondre à sa question. Elle a déjà le sentiment de t'avoir perdu. Fais en sorte qu'elle ne perde pas Gaby, en plus.

J'observais attentivement les traits de ma mère. Je me suis rendu compte à quel point elle avait changé : on aurait dit que quelque chose s'était brisé en elle.

– S'il te plaît, Cal, m'a-t-elle supplié. S'il te plaît, dis-nous où elle se trouve. Je t'en prie. Nous voulons juste la ramener à la maison.

– Maman, ai-je repris. Je sais parfaitement tout ce que tu as enduré. Parce que j'ai enduré les mêmes souffrances ! Ne laisse pas les circonstances détruire ta confiance en moi. Je suis toujours le même Cal.

Brusquement, une alarme s'est déclenchée dans un coin de mon esprit. L'espace d'un instant, je me suis demandé si l'individu qui me ressemblait comme deux gouttes d'eau avait un quelconque rapport avec la disparition de ma sœur.

– Cal, je t'en supplie, a répété ma mère en agrippant de toutes ses forces la main de mon oncle. Dis-nous où est Gaby.

– Cal, a lancé Ralf à son tour, il y a dans sa chambre des traces *récentes* de ton ADN. Tu es donc la dernière personne à avoir été présente à ses côtés. Inutile de nous mentir. Tu n'y gagnerais que quelques années supplémentaires derrière les barreaux. Pense à ta pauvre mère. Et fais le maximum pour coopérer avec la police. Avant qu'il ne soit trop tard...

– Il y a bien ce type que j'ai croisé en ville deux ou trois fois, un véritable sosie.

J'ai guetté une réaction sur le visage de ma mère.

– Maman, est-ce que j'ai un frère jumeau ?

AOÛT

À peine avais-je prononcé ces mots que Ralf a bondi sur moi. Ma mère, elle, s'est effondrée sur sa chaise en sanglotant.

– Arrête ! ai-je hurlé à Ralf qui m'avait empoigné. Lâche-moi !

– Non ! C'est à toi d'arrêter de dire n'importe quoi ! Qu'est-ce que c'est que ces inepties à propos d'un jumeau ! Tu es malade, mon garçon ! Complètement malade ! Comment oses-tu torturer ta mère de cette façon ? Tu ne vois pas que tu lui brises le cœur ?

J'ai senti ses doigts se refermer sur ma gorge et entendu les sanglots de ma mère tandis qu'il me secouait de toutes ses forces. Je me débattais sans parvenir à me dégager, à cause des liens qui entravaient mes mains.

Le policier de garde a surgi dans la pièce et tiré Ralf en arrière.

– Doucement, monsieur Ormond, est-il intervenu. Calmez-vous. Je comprends ce que vous ressentez, mais vous ne pouvez pas agresser votre neveu comme ça.

Il s'est tourné vers moi, ajoutant avec sévérité :

– Demain, il sera derrière les barreaux.

Ralf s'est ressaisi. Il a rajusté sa cravate, lissé ses cheveux. Ses yeux étaient injectés de sang. Je ne l'avais jamais vu dans un tel état d'énervement et d'agitation.

– Pardon, je me suis laissé emporter, s'est-il excusé. Je m'inquiète tant pour la mère de ce garçon. Elle souffre terriblement. Nous espérions que Cal serait... aurait... Viens, Erin. Allons-nous-en. Je ne veux pas t'infliger un tel face-à-face plus longtemps.

Ralf a passé un bras autour des épaules de ma mère pour l'entraîner vers la porte. J'ai alors été saisi d'une terrible envie de pleurer. Ma mère me donnait l'impression d'être absente, comme dépossédée d'elle-même.

– Je t'en prie, mon chéri, a-t-elle sangloté en se retournant vers moi au moment de franchir le seuil, où est ma petite fille ?

Sa question désespérée résonnait toujours à mes oreilles quand ils sont partis, me laissant seul à nouveau. Auparavant, ma solitude m'aurait anéanti. Mais plus maintenant, pas après tout ce que j'avais enduré. Ces sept mois éprouvants à lutter pour ma survie m'avaient beaucoup endurci. Si ma mère croyait les horreurs qu'on racontait sur moi, je n'avais pas besoin d'elle.

Les mots ont jailli de ma bouche. Je les ai hurlés dans le vide :

– Je te prouverai que tu te trompes ! J'ignore comment, seulement je te promets que je te ramènerai Gaby. Et alors, tu comprendras à quel point tu as été injuste envers moi !

AOÛT

22:36

Je me suis penché pour déchiffrer la fiche signalétique accrochée au pied de mon lit.

HÔPITAL ARMITAGE

Patient en attente de transfert
au centre de détention provisoire.

Nom : Cal Ormond, 16 ans
Arrêté pour présomption de
meurtre et enlèvement de mineur.

Remarques : Violent. Bouffées délirantes.
Paranoïa croissante.
À garder enfermé 24h/24h.

Consignes de sécurité : Surveillance rapprochée au moment
du transfert.
Sécurité renforcée pendant le
transport au centre de détention.

Découragé, j'ai jeté un œil sur le plateau-repas. Pas de ragoût grisâtre pour le dîner, mais un mélange de carottes et de petits pois entourant un morceau de caoutchouc blanc qui, un jour, avait dû appartenir à un poisson.

C'était ma dernière nuit ici. Donc ma dernière chance de m'évader. Et ma dernière chance de sauver ma sœur. Je devais absolument trouver une solution.

Les yeux fixés sur le panneau mal posé au plafond, j'ai soudain eu une idée…

Toutefois, pour la mettre à exécution, j'avais besoin de mes mains.

22:50

J'ai cherché à tâtons la lame de scalpel cassée que j'avais cachée sous le matelas. J'ai manqué me couper un doigt en la sortant. Si je parvenais à la coincer, je pourrais sectionner les sangles en nylon qui m'attachaient les poignets.

Le rebord de la fenêtre était usé et un peu fendu. Les mains protégées par un gant de toilette, j'ai logé la lame dans un interstice avec précaution et réussi à la caler. Son extrémité dépassait. J'ai appuyé dessus ; elle tenait bon. J'ai tiré la chaise près de la fenêtre pour m'y asseoir car ce serait sûrement long.

AOÛT

Régulièrement, je suis allé inspecter le couloir par la petite vitre de ma porte. Affalé sur son siège, le policier censé me surveiller dormait, tête renversée en arrière, bouche ouverte, yeux clos.

L'opération était délicate. De temps en temps, je dérapais sur le métal et m'entaillais les mains. Au bout d'une heure, j'avais le poignet meurtri et en sang. Cela ne m'a pas empêché de persévérer. Qu'avais-je à y perdre ?

La faible lumière du couloir ne me permettait pas de distinguer grand-chose mais, finalement, j'ai senti le nylon céder. Un bracelet est tombé par terre. L'autre menotte resterait autour de mon poignet. J'étais libre. Ou du moins, mes mains l'étaient.

Après m'être enveloppé le poignet dans une bande de tissu arrachée à ma veste de pyjama, je me suis changé rapidement – mes vêtements avaient été rangés dans le placard –, puis j'ai enfilé les chaussons d'hôpital en caoutchouc.

Mon garde ronflait toujours sur sa chaise, dans le couloir.

J'ai examiné attentivement le plafond. Le panneau de travers se trouvait à la verticale du lavabo et des deux équerres métalliques supportant une étroite étagère en bois. Si elles étaient assez solides pour résister à mon poids, je pourrais atteindre le plafond et me faufiler par là…

7 août
J –147

00:05

Excité par la perspective de mon évasion, j'ai senti l'adrénaline affluer dans mes veines.

– Tiens bon, Gaby, ai-je murmuré en préparant la première étape de mon plan. J'arrive.

Je me suis glissé silencieusement derrière la porte. Mon garde venait de se réveiller. Il s'était éloigné de quelques mètres dans le couloir où, appuyé au comptoir de l'accueil, il discutait avec l'infirmière de nuit. C'était le moment ou jamais.

Avançant sur la pointe des pieds dans la pénombre, j'ai rapproché la chaise du lavabo. Puis je suis monté dessus pour poser un pied sur la vasque. Celle-ci n'a pas bougé. Jusque-là, tout allait bien. Sauf qu'elle ne supportait encore que la moitié de mon poids. Si elle s'effondrait sous moi, le bruit alerterait les employés et mon plan tomberait à l'eau.

J'ai préféré redescendre et pousser la chaise dessous ; en cas de chute, elle l'amortirait. Ensuite, j'ai caché la mince étagère de bois sous le lit.

– C'est parti.

Remontant sur la chaise, j'ai appuyé un pied sur le lavabo, calé l'autre sur une équerre, plaqué les bras contre le mur et cherché la seconde équerre du bout du pied. Aucune des deux n'a flanché. J'osais à peine respirer.

Lentement, j'ai tendu les jambes et levé une main vers la fente repérée dans le plafond.

Soudain, l'équerre de gauche a lâché. Heureusement, j'ai réussi à garder mon équilibre en reportant le poids de mon corps sur le pied droit. Ma main droite a eu le temps de se raccrocher à une solive à travers la fente.

À cet instant, la deuxième équerre a cédé à son tour ; je me suis retrouvé suspendu en l'air comme un singe !

Je me suis balancé dans le vide quelques secondes, certain que le bruit allait ameuter les gens. Mais le policier et l'infirmière de nuit riaient et parlaient fort, inconscients de ma tentative d'évasion.

Je pouvais poursuivre ma périlleuse escalade.

Peu après, un grincement a retenti. Cette fois, on déverrouillait la serrure !

Stimulé par l'urgence, je me suis propulsé vers le plafond. J'ai saisi la solive à pleines mains pour me hisser, poussant le panneau avec ma tête et mes épaules. En moins de deux secondes, j'étais sous le toit, accroché de la main droite à une poutre, les pieds posés sur les solives. Je devais éviter à tout prix de marcher sur les carreaux de plâtre friable. De la main gauche, j'ai repoussé le panneau à sa place.

Il restait encore un interstice par lequel je pouvais surveiller une partie de la pièce.

La lumière s'est allumée. Plusieurs personnes sont entrées dans ma chambre.

– Il n'est pas là ! s'est étonné quelqu'un.

– Bon sang ! Où est-il passé ?

– Il s'est échappé !

– Vite ! Appelez la sécurité ! Et des renforts !

Dès qu'ils remarqueraient les équerres descellées, ils se lanceraient à ma poursuite. Il fallait que je m'éloigne sans perdre une seconde. Et sans bruit.

00:19

Accroupi dans la pénombre, j'ai observé la scène un peu plus bas.

– Il nous a filé entre les doigts.

– Impossible. La porte était verrouillée, et il a les mains attachées. En plus, ça fait des heures que je n'ai pas quitté mon poste de surveillance, a protesté le policier.

– Regardez ! Il a arraché les équerres du mur !

– Sûr qu'il comptait s'en servir comme d'une arme !

– De toute façon, l'Unité sécurisée est bouclée. Il n'ira pas bien loin !

Sur ce, quelqu'un d'autre est entré en trombe dans la chambre et a hurlé d'une voix pleine de colère :

– Vous allez me retrouver ce jeune psychopathe en vitesse et le transférer sur-le-champ au centre de détention ! Vous m'entendez ? Attrapez-le, menottez-le, embarquez-le !

Ils n'avaient pas encore compris comment j'avais réussi à me volatiliser. Mais ce n'était qu'une question de minutes.

Je me suis frayé un chemin dans la pénombre en avançant de solive en solive, jusqu'à ce que je tombe sur un autre panneau mal posé. Un coup d'œil à travers l'interstice m'a permis de me repérer. Je me situais à l'aplomb du hall d'accueil.

Sans m'affoler, je me suis arrêté un moment pour observer l'endroit.

Un policier à la démarche nerveuse et familière faisait les cent pas à l'extérieur, juste devant les portes d'entrée.

Quand il s'est retourné, j'ai reconnu son visage...

Kevin !

Ça alors ! Pourquoi était-il là ? Et déguisé en policier ?

Oriana de Witt avait obtenu ce qu'elle voulait. Et pourtant elle avait envoyé un de ses hommes de main me surveiller à l'hôpital ? Quelles que soient ses raisons, elle m'en donnait une de plus pour fuir ce piège où j'étais une proie trop facile.

Je n'avais pas une seconde à perdre. Je me souvenais d'un film où un type se sauvait par des conduits d'aération. J'ignorais si ce genre d'exploit était réalisable ailleurs que dans un studio hollywoodien, mais je devais tenter ma chance. Une grosse gaine carrée en aluminium courait le long d'un mur. Face à moi, un grillage protégeait un ventilateur énorme. La gaine semblait assez large pour y ramper – à condition de parvenir à m'y introduire. Sans outils. Je ne disposais que de mes mains, dont une sérieusement amochée.

Je me suis approché en équilibre sur une solive étroite. Maintenant que mes yeux s'étaient accoutumés à l'obscurité, je distinguais les pales menaçantes qui tournaient devant l'embouchure de la gaine. Elles avaient beau se déplacer lentement, leur force de rotation risquait de me décapiter.

Le grillage tenait par quatre clips, un à chaque angle. Ils ne m'ont pas résisté longtemps. Mon premier problème était réglé.

Mais comment franchir les pales ?

Il fallait que je trouve un objet capable de les bloquer.

Une chaussure ! Dans ma précipitation, j'ai manqué perdre l'équilibre en arrachant le chausson en caoutchouc de mon pied gauche et failli tomber sur un panneau de plâtre.

D'une main tremblante, j'ai tendu le chausson vers le ventilateur. Je risquais d'y perdre un doigt.

J'ai regardé attentivement les pales tourner, tourner, tourner...

Maintenant !

J'ai lancé le chausson.

Il a rebondi et crissé contre la paroi métallique avant de se bloquer sous une pale comme je l'avais espéré. Le moteur du ventilateur a gémi, vrombi, puis s'est arrêté.

Dans l'hôpital, l'agitation semblait à son comble. Pas question de traîner ! Tout en me faufilant entre les lames d'acier, j'ai prié pour que la semelle en caoutchouc tienne bon et me préserve d'un accident fatal.

AOÛT

00:26

Une fois à l'intérieur de la gaine, je me suis retourné et j'ai libéré le chausson d'un coup sec. Les pales se sont remises à tourner, accélérant leur rotation à chaque tour.

J'ai commencé à ramper, en espérant que ce labyrinthe d'aluminium serait assez solide pour supporter mon poids. Devant moi, l'obscurité était totale. Je n'avais aucune idée de l'endroit où j'allais aboutir. Mon plan se limitait, pour l'instant, à sortir de l'Unité sécurisée de l'hôpital. Si je me retrouvais dans un autre service, j'aurais peut-être une chance de gagner la rue sans me faire repérer.

Soudain, mon cœur s'est mis à battre la chamade. Pendant une fraction de seconde, j'ai ressenti la même peur panique que dans le cercueil. Mais je me suis ressaisi : j'ai avalé de grandes goulées d'air en me répétant qu'ici, au moins, je pouvais respirer.

Soudain, un grondement m'a fait sursauter. Un souffle brutal m'a projeté un nuage de poussière dans les yeux et le nez. Le vent sifflait à mes oreilles. J'ai baissé la tête, fermé les paupières – de toute façon, je n'y voyais rien – puis repris ma progression.

Arrivé à un coude, je me suis plié en deux pour bifurquer vers la droite. Une odeur de café et de cuisine est venue me chatouiller les narines. Au loin, j'ai distingué enfin une lumière.

Le conduit se terminait par un grillage à travers lequel j'ai pu observer la pièce où il débouchait. D'après la longue table que je voyais recouverte de magazines et de tasses, il s'agissait d'une salle de repos réservée aux infirmiers. Heureusement pour moi, elle était déserte.

J'avais hâte de m'extirper de cet espace confiné. J'ai soulevé la grille sans peine. Au moment où je la rabattais sur le côté, un nuage de poussière est tombé sur la table. Je devais être d'une saleté repoussante.

Après avoir atterri sur la table, j'ai vite sauté au sol pour me cacher à l'abri d'un grand placard. J'ai épousseté mes vêtements et essuyé ma figure avec ma manche. Jusqu'ici, la chance me souriait. Mais cela ne durerait sûrement pas.

De l'autre côté du mur, on courait dans les couloirs, des voix paniquées s'interpellaient, des cris retentissaient. Aucun doute, le personnel était en état d'alerte maximale à cause du criminel en liberté dans l'hôpital. Cependant, personne ne paraissait avoir compris que je m'étais échappé par le plafond, sinon j'aurais déjà été repris.

Cherchant désespérément un moyen pour sortir incognito, j'ai ouvert le placard. Il contenait des uniformes d'infirmiers. La chance était toujours de mon côté ! J'ai attrapé une tunique et un pantalon vert pâle pour les enfiler par-dessus mes vêtements. J'ai lissé mes cheveux et respiré à fond.

00:40

Me redressant de toute ma taille, j'ai avancé d'une démarche assurée dans le couloir. J'ai traversé des salles dans la pénombre, dépassé un bureau dans lequel deux infirmières discutaient du traitement destiné à un malade, et contourné un vigile en train de parler d'une voix inquiète dans son talkie-walkie. Il n'a même pas levé les yeux à mon approche.

Je me suis glissé dans un ascenseur qui descendait au rez-de-chaussée, redoutant ce que je trouverais en bas. Quand les portes se sont ouvertes, j'étais préparé au pire.

Face à moi, un vieillard ronflait dans un fauteuil roulant poussé par une femme, son épouse sans doute. Tout en bloquant l'ouverture des portes pour leur faciliter l'accès à la cabine, j'ai observé le hall.

À gauche comme à droite, il fourmillait de policiers !

L'entrée principale de l'hôpital n'était qu'à une dizaine de mètres devant moi.

– Merci, mon brave, a dit la femme. Puis-je vous le confier une minute ou deux ? Je dois filer aux toilettes.

Avec un petit gloussement, elle a ajouté :

– Je ne sais pas ce qui se passe ici, mais ce remue-ménage me rend nerveuse ! Tous ces policiers à une heure pareille.

– Bien sûr, madame.

Elle a souri puis s'est éloignée en trottinant.

Sans hésiter, j'ai attrapé les poignées du fauteuil roulant et pris la direction opposée. Cette dame venait de m'offrir l'occasion rêvée pour m'évader.

J'ai traversé le hall, poussant le vieux monsieur qui ronflait toujours vers les grandes portes automatiques et la liberté.

Cinq ou six policiers regroupés en cercle élaboraient certainement un plan d'action... sans voir leur proie leur filer sous le nez.

Juste avant d'atteindre les portes, j'ai rangé le fauteuil roulant sur le côté et remercié à voix basse le vieil homme pour son aide involontaire.

De l'autre côté des vitres qui me séparaient de l'extérieur, les lumières de l'hôpital n'éclairaient que les escaliers. Au-delà, une rangée de policiers attendait. Je distinguais suffisamment leurs silhouettes pour comprendre qu'ils étaient armés.

L'espace d'une seconde, j'ai failli faire demi-tour, chercher une autre issue, mais un bref coup d'œil en arrière m'en a dissuadé : le groupe de policiers que je venais de dépasser arrivait dans ma direction.

J'ai pris une profonde inspiration et franchi les portes.

01:03

J'ai fait mine de consulter une montre – inexistante – à mon poignet pour imiter un infirmier épuisé quittant enfin son travail.

J'ai senti un ou deux agents s'agiter et tourner les yeux vers moi. Plus que quelques mètres. Tandis que je descendais les dernières marches, je me suis cogné à Kevin.

– Attention ! a-t-il grogné en s'écartant.

Il ne m'a pas reconnu sur le coup mais je l'ai soudain entendu rugir dans mon dos :

– Non, je rêve !

Et il s'est jeté sur moi. D'un bond sur le côté, je l'ai esquivé.

Il a de nouveau tenté de me plaquer à terre. Je l'ai repoussé. Il a alors dévalé l'escalier et percuté la rangée de policiers comme une boule lancée dans un jeu de quilles.

Prenant appui sur la rampe, j'ai sauté au bas des marches. Deux des agents renversés par Kevin ont voulu m'agripper la cheville au moment où j'atterrissais sur le ciment, mais j'ai filé comme si j'avais le diable aux trousses.

J'ai traversé le parking, slalomé entre les voitures stationnées.

– Arrêtez ! Police ! a hurlé une voix dans un haut-parleur.

Virant brusquement sur la gauche, je me suis accroupi derrière une fourgonnette. Puis j'ai risqué un œil prudent par-dessus le pare-chocs, avant de me recroqueviller aussitôt ! À quelques mètres de là, Kevin rôdait dans l'ombre. Il inspectait méthodiquement chaque véhicule. C'était surtout le revolver qu'il tenait à la main qui m'effrayait !

Les vrais policiers ne s'étaient-ils donc pas aperçus qu'il n'était qu'un imposteur avec sa larme tatouée sous l'œil ? Ils suivaient Kevin de près, déployés en éventail. Les faisceaux de leurs lampes torches zigzaguaient sur le sol. Je ne tarderais pas à être repéré.

AOÛT

Toujours accroupi, je me suis déplacé de voiture en voiture pour conserver mon avance sur mes poursuivants. J'ai longé la haute clôture qui cernait le périmètre de l'hôpital en cherchant désespérément une ouverture par laquelle je pourrais me faufiler. Malheureusement, l'inévitable a fini par se produire : il n'y avait plus un seul véhicule stationné. Un arbre, puis plus rien… que le bitume nu d'un parking désert.

Des aboiements furieux ont retenti. Des chiens policiers !

J'étais perdu !

Je n'avais nulle part où me cacher. Kevin vérifiait le dessous des dernières voitures.

Presque sur ses talons, deux bergers allemands tiraient férocement sur leurs laisses, excités par leur maître-chien.

Kevin s'est redressé. Il scrutait les alentours.

La route se profilait devant mes yeux. Mais entre elle et moi, il y avait cette clôture sans fin, trop haute pour être escaladée. Pourtant il fallait que je m'échappe. Ma seule chance de m'en sortir serait d'atteindre l'arrière de l'hôpital. Je n'avais pas le choix. La vie de Gaby en dépendait. Je me suis mis à courir à découvert en espérant que personne n'oserait m'abattre d'une balle dans le dos.

01:10

– Le voilà !

Les chiens aboyaient de plus belle, leurs maîtres vociféraient. Le cœur battant, la respiration sifflante, j'ai continué ma course.

Une sirène a hurlé, un crissement de pneus m'a obligé à tourner la tête : une ambulance me fonçait dessus ! Complètement fou, le chauffeur a failli faucher la moitié de mes poursuivants.

J'ai profité de la zizanie qu'il venait de semer pour gagner l'angle du bâtiment. Soudain, l'ambulance m'a dépassé, a viré sur les chapeaux de roues et pilé juste devant moi.

J'étais pris au piège, aveuglé par la lumière des phares.

Un infirmier a sauté du siège du conducteur, contourné le véhicule en courant et ouvert les portes. Avant que je comprenne ce qui se passait, une poigne puissante m'a attrapé et plaqué contre la carrosserie. J'en ai eu le souffle coupé.

– Vite, Cal ! m'a lancé l'infirmier d'une voix basse et pressante. Allonge-toi sur le brancard ! Je vais te sortir d'ici !

– Quoi ? Qui êtes-vous ?

– Tu veux filer, oui ou non ? Fais ce que je te dis !

AOÛT

L'homme m'a lâché, le temps de tirer un brancard de l'arrière de l'ambulance et de soulever le drap blanc qui le recouvrait.

J'ai hésité un instant. Et si c'était un piège ? J'avais à mes trousses Kevin, les policiers, deux bergers allemands, sans compter les vigiles de l'hôpital, et voilà qu'un inconnu m'offrait une aide inespérée ?

Sans me laisser le loisir de réagir, il m'a projeté sur l'étroite couche et recouvert du drap. J'ai voulu me débattre, mais il m'a repoussé avec une poigne de fer.

Les cris et les aboiements se rapprochaient.

– Je suis Nelson Sharkey. Je t'emmène loin d'ici ! Ferme-la et tiens-toi tranquille !

– Lâchez les chiens ! a ordonné une voix puissante.

Sharkey roulait déjà le brancard à l'intérieur de l'ambulance. Il a claqué les portes et, une seconde plus tard, démarré en trombe, sirène hurlante.

Les cris de mes poursuivants se sont estompés. Mon cœur a retrouvé peu à peu un rythme normal. Je me suis agrippé des deux mains au brancard.

J'étais sauvé ! Par Nelson Sharkey, l'ex-inspecteur qui, deux mois plus tôt, m'avait proposé son aide sur mon blog !

Incapable d'accorder la moindre confiance à quiconque, je l'avais alors ignoré. Et maintenant, au moment précis où je n'avais plus aucun espoir, il surgissait pour me tirer d'affaire !

01:26

– Ça va, derrière ? a lancé mon chauffeur.

– Je crois, ai-je répondu en écartant le drap pour m'asseoir.

– Où tu veux aller ?

Un seul endroit m'est venu à l'esprit – un endroit où je comptais bien être en sécurité, où la police n'aurait pas l'idée de me traquer.

Je lui ai indiqué la direction.

Un quart d'heure plus tard, l'ambulance s'est arrêtée. Accroupi à côté du brancard, j'ai retiré ma tunique vert pâle d'infirmier et je me suis épongé avec. J'étais trempé de sueur.

Quand Nelson Sharkey a ouvert les portes, je l'ai vraiment vu pour la première fois. Large d'épaules, les cheveux noirs coupés court, le regard vif, il devait avoir une cinquantaine d'années. Avec un petit sourire, il m'a annoncé :

– OK, on y est. Tu peux sortir sans crainte.

J'ai sauté sur la chaussée et observé les alentours. La rue était déserte, à l'exception de deux matous qui s'affrontaient, le poil hérissé.

AOÛT

J'ai tendu la main à Nelson Sharkey. Le bracelet en nylon sale pendait toujours à mon poignet.

– Merci mille fois, Mr Sharkey, quelle évasion géniale ! Vous êtes tombé à pic. Je ne savais plus comment leur échapper.

– Comme je te le disais sur ton blog, je n'ai jamais douté de ton innocence. Un bon détective a un sixième sens pour deviner ces choses-là.

Sharkey s'est tu une seconde, le temps de refermer les portes, puis, frappant ses mains l'une contre l'autre, il a repris :

– Bon, je ne peux pas traîner davantage ici. Cette ambulance doit disparaître du paysage sans tarder.

– Mr Sharkey, j'ai besoin de vous pour localiser ma sœur. Le problème, c'est que je n'ai aucune idée de l'endroit où elle est retenue prisonnière. J'ignore aussi combien de temps... combien de temps elle tiendra...

Il a hoché la tête.

– Tu es empêtré dans une situation épouvantable. Sans compter que tout le monde te croit coupable, même tes proches.

– Aidez-moi à la retrouver, s'il vous plaît.

– J'y travaille déjà. C'est pour ça que je suis là. Pour te prêter main-forte.

Il a sorti un bout de papier du fond de sa poche et me l'a tendu.

– Téléphone-moi. Qu'on se rencontre dans un endroit sûr où discuter tranquillement. Le plus tôt sera le mieux.

J'ai aussitôt éprouvé la sensation qu'on m'ôtait un poids énorme des épaules.

– Merci, inspecteur.

– Ex-inspecteur. Tu peux m'appeler Nelson ou Sharkey au choix, a-t-il lancé en s'installant au volant.

L'ambulance qui m'avait rendu à la liberté a disparu dans la nuit.

Je me suis hâté à l'autre extrémité de la rue. Au passage, je me suis débarrassé de l'uniforme d'infirmier que j'ai dissimulé dans une poubelle.

Parvenu à destination, j'ai traversé à la hâte la cour de l'immeuble puis gravi sans bruit les marches de l'escalier de secours.

12 Lesley Street

02:22

Une fois sur la terrasse j'ai couru jusqu'à la porte de Winter.

De peur de l'effrayer, j'ai d'abord frappé doucement. Puis un peu plus fort.

Une petite lumière s'est mise à briller derrière une fenêtre.

– Winter, ai-je chuchoté, c'est moi, Cal.

Une autre lampe s'est allumée.

– Cal ? C'est vraiment toi ? Je ne rêve pas ?

– Non, je suis là. Ouvre vite.

Elle a entrebâillé sa porte et levé sur moi des yeux ensommeillés pleins d'espoir.

– Cal ! Je n'arrive pas à le croire !

Elle a enfoui son visage contre mon épaule. Ses lèvres ont effleuré mon cou... Puis elle m'a entraîné à l'intérieur de son studio en me serrant le bras.

Jamais nous n'avions été aussi proches.

– Avec Boris, on était fous d'inquiétude à ton sujet, a-t-elle dit en s'écartant un peu. Au cimetière... on ne savait pas où tu étais, si on te trouverait à temps.

Elle m'a lâché une minute pour aller verrouiller la porte avant de poursuivre :

– On s'est cachés dans les buissons pendant que la police te déterrait. Ils ont dû dégager trois tombes avant de découvrir la bonne. Trois ! L'ambulance attendait dans l'allée. Quand ils t'ont embarqué en catastrophe et qu'ils sont partis, sirène hurlante, on en a déduit que tu étais encore vivant ou qu'il restait un espoir de te réanimer. Sauf qu'on ignorait où ils t'emmenaient.

Winter portait un immense tee-shirt blanc, et ses cheveux paraissaient encore plus indisciplinés que d'habitude. J'étais super heureux de la voir, mais j'étais obsédé par la situation de ma petite sœur.

– Ils ont enlevé Gaby, lui ai-je annoncé.

– Je sais.

En observant la pièce, je me suis remémoré la dernière fois où j'étais venu. Nous étions tous les trois gonflés à bloc, certains de pouvoir résoudre le DMO dans un avenir proche. Aujourd'hui, la situation avait changé. Je ne possédais plus rien, hormis les vêtements que j'avais sur le dos.

Winter s'est dirigée vers le canapé sur lequel une couverture dissimulait une masse rebondie.

Lorsqu'elle l'a secouée énergiquement, la grosse masse a roulé sur le côté, grogné, ouvert les yeux.

C'était Boris !

Dès qu'il m'a vu, il a rejeté la couverture pour sauter sur moi.

– Cal ! a-t-il crié en m'écrasant contre sa poitrine. Je ne rêve pas, tu es vivant ! J'avoue qu'on a cru t'avoir perdu, mon vieux. Je m'en voulais à mort de t'avoir laissé entre les pattes de ce notaire véreux. Dire qu'on devait protéger tes arrières... Depuis, avec Winter, on s'est creusé la cervelle pour échafauder un plan... sans savoir par où commencer !

Je lui ai tapoté le bras.

– Je vous dois la vie, à tous les deux.

– Tu as appris la nouvelle pour Gaby ?

J'ai acquiescé.

– J'espère seulement que ceux qui la détiennent prennent soin d'elle. Je ne comprends pas qui a pu l'enlever. Ce n'est qu'une enfant. Une enfant malade. Sous perfusion.

En imaginant ma petite sœur entre les mains de criminels, j'ai senti les larmes me monter aux yeux. J'ai serré les mâchoires.

– Il faut la retrouver et la libérer.

– Comment tu as fait pour fausser compagnie à la police ? a lancé Winter, accroupie devant le réfrigérateur ouvert. Qu'est-ce que tu as au poignet ?

Elle m'a tendu une bouteille de jus d'orange et un reste de pizza. Entre deux bouchées, j'ai raconté mon réveil difficile dans l'Unité sécurisée de l'hôpital, l'interrogatoire de l'inspecteur McGrath, la visite de ma mère et de Ralf qui espéraient me faire avouer l'enlèvement de Gaby.

– Vous ne me croirez jamais quand je vous révélerai comment je me suis échappé.

– Dis toujours, a fait Winter en coupant la sangle de la menotte en nylon.

Mes deux amis ont écouté attentivement le récit de ma fuite.

– En définitive, ce Nelson Sharkey est un mec bien, a constaté Boris. Mais je me demande ce que Kevin fabriquait là-bas. Tu crois que c'est Oriana de Witt qui a kidnappé Gaby ?

Boris et Winter ont échangé un coup d'œil.

– Je l'ignore, ai-je marmonné. Bones travaille pour elle. Cette histoire de rendez-vous n'était qu'un piège. Maintenant, ils possèdent tout. Le Joyau, l'Énigme. Et peut-être Gaby.

Je me sentais complètement découragé.

– Ça ne rime à rien, a observé Winter. Pourquoi Oriana de Witt enlèverait ta sœur alors qu'elle t'a déjà tout pris ? Et pourquoi, en plus, envoyer Kevin à tes trousses ?

– Il était armé, ai-je précisé.

– Il voulait te tuer ?

J'ai haussé les épaules.

– Je ne vois pas ce qu'il serait venu faire d'autre. Rappelez-vous que j'étais censé mourir dans mon cercueil. Mes agresseurs m'ont drogué pour que je ne me réveille jamais.

Winter avait l'air outrée.

– C'est incroyable ! Il y a des gens vraiment diaboliques !

– Tu penses que Sligo est le coupable ? Tu le saurais, non, s'il manigançait un mauvais coup ? Tu n'as surpris aucune conversation ?

AOÛT

– Crois-moi, Cal. Je suis en mode « alerte rouge », à l'affût de ses moindres faits et gestes. Je n'ai rien entendu.

– Tu n'as rien noté d'inhabituel ? Un truc qui sorte de l'ordinaire ?

– Non, je regrette. Tu te sens bien, Cal ? Tu es tout pâle.

Je me suis affalé sur le canapé.

– Je me sens vidé. Et malade d'inquiétude pour Gaby. J'ai perdu tous les indices qu'on a eu tant de mal à se procurer, et à présent, Gaby a été enlevée...

– Heureusement que l'ange Ormond te protège, m'a coupé Boris en rigolant. Après tout, tu es sorti vivant de ce cercueil et tu as échappé aux flics une fois encore !

– S'il veut me protéger, il va falloir qu'il y mette du sien. Et qu'il étende ses ailes sur Gaby.

– Tout le monde te considère comme un dangereux criminel, a repris Boris, alors qu'il n'existe pas de preuves tangibles...

– Il paraît que la police a trouvé mon ADN chez Ralf, là où Gaby a été enlevée.

Boris a hoché la tête d'un air entendu.

– C'est normal. Tu as touché à tout le jour où tu y cherchais les dessins.

– J'ai tenté de l'expliquer à Ralf et ma mère, sans succès. Les policiers prétendent pouvoir distinguer une ancienne trace d'ADN d'une récente. Et ce seraient des traces récentes qu'ils ont relevées dans la chambre de Gaby.

Mes amis ont échangé un regard consterné.

– Évidemment, pour couronner le tout, les messages de Bones et d'Oriana de Witt ont disparu de mon blog. Donc, aux yeux de la police, cette histoire de rendez-vous est une pure invention de ma part.

Les sourcils de Boris se sont soulevés jusqu'à la racine de ses cheveux.

– Quoi ! Mais c'est moi qui gère ton blog ! Quelqu'un l'a piraté !

– Va raconter cette version aux flics. Ils ne croient pas un mot de ce que je dis. Ma mère et Ralf non plus d'ailleurs. Ralf a piqué une crise quand j'ai avancé l'hypothèse que mon sosie pouvait être impliqué. Ça l'a mis dans une rage folle. Il m'a accusé d'être malade, d'affabuler, de torturer ma mère avec mes mensonges.

– Deux jumeaux ont le même ADN ! s'est exclamé Boris. Et si ton jumeau était le ravisseur ?

« Ton jumeau ». Ces mots prononcés par Boris paraissaient irréels.

– Tu penses donc sérieusement que j'ai un frère jumeau ?

– Tout est possible. Tu dois percer ce mystère et découvrir le rôle de ce type dans ta vie. Qui sait de quoi il est capable et quelles sont ses motivations ?

Nous sommes restés tous les trois muets pendant quelques minutes, enveloppés par le silence profond de la nuit.

– Mon cerveau a encore besoin de repos, a fini par déclarer Boris en se frottant les yeux. Je vais rentrer chez moi. Je reviendrai le plus vite possible pour qu'on décide ensemble de la suite des événements. Il faut aussi que je te ravitaille en matériel de première nécessité, Cal. Installe-toi sur le canapé, mec. Dors un peu.

Il m'a gentiment tapoté le dos en partant.

– T'en fais pas, on la retrouvera, ta petite Gaby.

07:01

J'étais enfermé à l'intérieur du cercueil, je me débattais dans le noir, je voulais crier. Jailli de nulle part, le vieux chien en peluche me léchait la figure. Soudain, j'ai reconnu l'odeur que je n'étais pas arrivé à identifier chez Bones, Graves & Digs...

Mais à mon réveil en sursaut, je ne savais plus à quoi elle correspondait.

Je me suis assis. Il ne faisait pas encore jour au-dehors, et un courant d'air froid soufflait par la fenêtre entrouverte.

Brusquement, une lumière s'est allumée, me forçant à cligner des yeux.

– Qu'est-ce qu'il y a, Cal ? Tu essayais de parler. Tu as fait un cauchemar ?

– Oui.

Enveloppée dans la couverture de son lit, Winter est venue s'asseoir en tailleur à côté de moi, sur le canapé.

– Il comporte toujours les mêmes éléments, ai-je repris. Un bébé crie dans le noir, et il y a ce vieux chien blanc en peluche... Chaque fois j'éprouve une sensation atroce de solitude... je me sens perdu. Comme si la personne censée s'occuper de moi m'avait abandonné. Je me réveille avec l'impression qu'il me manque une partie de moi-même.

Winter a resserré la couverture autour d'elle.

– Je n'ai jamais compris ce cauchemar, ai-je poursuivi. Pourtant, j'ai le sentiment qu'il a une signification précise. Quand j'ai rendu visite à ma grand-tante Emily au couvent de Manressa, elle a mentionné deux enfants puis fredonné une chanson étrange sur des agneaux : *le premier fut sauvé, le deuxième jamais retrouvé.*

– Pourquoi chanter cette chanson, à moins...

J'ai continué à sa place :

– À moins de savoir quelque chose sur les bébés jumeaux, malgré son esprit confus. Les jumeaux kidnappés. Je t'avais parlé de la coupure de presse dénichée chez Bartholomé ?

Nous nous sommes dévisagés, comme si une question cruciale était sur le point d'être éclaircie.

Winter a répété les paroles de la chanson :

– *Le premier fut sauvé, le deuxième jamais retrouvé.*

Elle s'est mordu la lèvre inférieure et m'a pris la main.

– Cal, je crois que ton sosie pourrait être ton jumeau.

Juste à ce moment, son portable a sonné sur la table de nuit. Elle s'est précipitée pour répondre. Après une brève conversation, elle me l'a tendu.

– Boris, pour toi.

– Salut, mec.

– J'ai besoin d'un peu de temps pour te dénicher des vêtements dignes de ce nom et un nouveau téléphone, mais je voulais que tu saches que je m'en occupe. Je viens dès que possible. On échafaudera un plan pour sauver Gaby.

– Merci Boris. À plus.

Winter m'a pris le téléphone des mains et s'est éloignée tout en parlant à mon ami. J'étais étonné qu'ils s'entendent si bien.

– D'accord, génial, on partage, a-t-elle dit avant de raccrocher.

Je n'ai pas eu le temps de l'interroger qu'elle reprenait déjà :

– Les cauchemars sont vraiment un phénomène étrange. J'ai souvent fait le même après la mort de mes parents. Ils étaient assis sur un banc dans un parc où on avait l'habitude de se promener ensemble. Ils me regardaient jouer dans un bac à sable. Tout à coup, je m'enfonçais dans des sables mouvants. Je les appelais au secours et je découvrais avec horreur que leurs visages étaient vides.

En me racontant son cauchemar, elle semblait aussi bouleversée que si cela lui était réellement arrivé. Je comprenais ce qu'elle ressentait.

– Leurs corps n'avaient pas changé de place, mais leurs visages étaient vides. Vides ! Je me mettais à pleurer. C'était atroce. Je ne savais même pas s'ils me voyaient ou m'entendaient. Et au moment où le sable m'arrivait presque au niveau de la bouche et où je pensais mourir, une nuée de petits oiseaux surgissait de nulle part. Des hirondelles. Comme celles que j'ai dessinées sur le mur.

– Comme ton tatouage ?

– Oui. Elles volaient autour de moi dans un tourbillon gris et noir, attrapaient mes vêtements avec leurs pattes, puis battaient des ailes pour m'extraire du bac à sable.

– Que se passait-il ensuite ?
– Rien.
– Et tes parents ?
– Je n'en sais pas plus. Mon cauchemar se terminait ainsi.

J'ai cherché à interpréter son rêve, en vain. J'avais la tête vide.

Soudain, Winter s'est animée et a déclaré :
– Je meurs de faim.

Elle s'est levée pour aller fouiller dans un placard.

– Ne te gêne pas si tu veux prendre une douche pendant que je prépare un petit déjeuner copieux. Des pancakes, ça te tente ?

07:45

Winter a mis la table et rempli de fruits rouges un bol chinois en porcelaine bleue et blanche, avant de poser une bouteille de sirop d'érable sur la table. Ça sentait drôlement bon et j'avais hâte d'attaquer les pancakes.

J'aurais dû me sentir mieux après la douche, surtout avec la perspective de manger autre chose que la nourriture d'hôpital mais mon esprit demeurait confus. Obsédé par l'idée de retrouver coûte que coûte ma sœur, les pensées se bousculaient dans mon cerveau. J'ignorais par où commencer mon enquête.

L'ex-inspecteur Sharkey, mon sauveur, était l'allié dont j'avais besoin. Il fallait que je l'appelle.

Winter a fait glisser deux pancakes directement de la poêle dans mon assiette.

– Je devrais te confier mes notes sur le DMO, a-t-elle dit. Où est-ce que je les ai mises ?

Elle a essuyé ses mains sur un torchon puis écarté des papiers sur son bureau.

– Ah, les voilà ! s'est-elle exclamée.

Elle m'a tendu trois feuilles griffonnées.

J'ai avalé une grosse part de pancake sucré et posé ma fourchette.

– Tes pancakes sont fabuleux. Merci, Winter.

La première page était la copie du texte de l'Énigme Ormond.

Sur la deuxième, Winter avait écrit l'inscription « AMOR ET SUEVRE TOSJORS CELER », puis gribouillé dessous : « moyen français ».

La troisième était le croquis qu'elle avait réalisé d'après le Joyau Ormond. Elle avait précisé au crayon : « huit feuilles ». Et en dessous : « treize larmes/perles ».

– Génial, Winter, l'ai-je remerciée. Même si ce ne sont pas les originaux, c'est toujours mieux que rien. Tu ne te sers pas ?

– Je préfère manger plus léger.

Elle a versé du muesli dans un bol et ajouté une cuillerée de yaourt.

– Tu peux habiter ici aussi longtemps que tu le souhaites, Cal. Il suffit que tu disparaisses quand ma préceptrice vient me faire cours. Sligo ne se doute pas qu'on se connaît, n'oublie pas. Et il ne monte presque jamais ici.

Presque jamais, d'accord, pourtant je n'étais pas près d'oublier la fois où il avait failli me surprendre. Pour ma sécurité comme pour celle de Winter, mieux valait ne pas m'éterniser ici. Toutefois je redoutais de me retrouver seul.

– Je resterai un jour ou deux, peut-être. Le temps de vérifier les différents endroits où Gaby pourrait être retenue.

– Comme ?

– La maison d'Oriana de Witt, l'entrepôt de voitures de Vulkan Sligo ou sa nouvelle villa.

– OK. Et si tu t'occupais de la maison de l'avocate pendant que je fouille les deux autres ?

– D'accord, mais sois prudente.

Elle a rougi.

– Merci de t'inquiéter pour moi, Cal. Je te promets de faire attention.

11:12

Avant de me rendre chez Oriana de Witt, je devais passer un coup de téléphone. Il y avait une cabine, non loin de l'immeuble. Je m'y suis arrêté.

Le papier avec les coordonnées de Nelson Sharkey à la main, j'ai pris une profonde inspiration et composé son numéro.

Il a répondu presque aussitôt.

– Sharkey à l'appareil.

– Bonjour, c'est Cal. Quand peut-on se rencontrer ? C'est urgent.

Fitform

12:00

Nelson Sharkey m'a proposé de le rejoindre sans tarder dans sa salle de gym.

En chemin, j'ai essayé de faire le vide dans ma tête puis de trier les problèmes.

J'ai bientôt aperçu les mots « Fitform » peints en lettres bleues délavées sur le panneau de verre d'une porte en bois. J'hésitais à entrer lorsque Sharkey a pointé la tête au-dehors. Il avait le front en sueur.

– Viens, a-t-il dit.

Je l'ai suivi à travers une salle presque vide, au milieu des appareils de musculation. Derrière une paroi de plexiglas, un homme âgé nageait dans un bassin d'entraînement.

Au fond, dans un angle, trônait un bureau où un homme vêtu d'un tee-shirt affichant « Fitform » sur la poitrine téléphonait.

Nelson Sharkey s'est arrêté devant un banc d'haltérophilie.

– J'ai presque fini. Ensuite, on ira parler tranquillement dans le sauna. Personne ne pourra nous entendre.

Il a enjambé le banc pour s'y allonger et a saisi la barre supportant les poids. Je me suis installé sur un rameur, à côté de lui.

Une fois son exercice terminé, Sharkey s'est essuyé le visage avec une serviette, l'a jetée autour de son cou, puis m'a fait signe de le suivre.

Le sauna se trouvait près de la piscine. Nous avons choisi des draps de bain pliés en pile à côté de la porte, pour nous en envelopper une fois déshabillés.

La chaleur m'a frappé de plein fouet. La pièce était vide. Des charbons rougeoyaient dans un baquet. Sharkey a puisé de l'eau dans un seau et l'a versée sur les charbons. Aussitôt, un jet de vapeur blanche s'est élevé en petits nuages.

– J'en ai passé des heures ici, juste après avoir été viré, a soupiré Sharkey en se laissant tomber sur l'une des banquettes de bois qui couraient le long des murs.

Je me suis assis en face de lui. La sueur commençait à ruisseler sur ma peau.

– Vous avez été viré ?

Il a hoché la tête.

– Ma patronne était corrompue. J'ai dévoilé le pot aux roses. Et tu sais quoi ? Elle a été promue. Tandis que moi, on m'a viré.

– Pas possible !

– Si. Ma patronne recevait de l'argent de la part de truands. En échange, elle fermait les yeux sur leurs activités criminelles. Pire, elle les avertissait chaque fois qu'une descente de police était prévue. Quand j'ai découvert la situation, j'ai rédigé un rapport à mes supérieurs. Mais lors de l'enquête interne, des témoins sont venus déclarer que c'était moi qui touchais les pots de vin et qui les renseignais. Ils ont aussi produit des enregistrements trafiqués pour me discréditer. En tout cas, mon honnêteté m'a coûté mon boulot, ma réputation, mon mariage. Mes enfants ne me parlent plus. Bref, j'ai été victime d'un coup monté.

Il s'est tu un instant afin de se tamponner le visage avec le coin de sa serviette.

– C'est comme pour moi, ai-je déclaré. Depuis le début, tout le monde m'accuse à tort. Même ma mère et mon oncle me considèrent comme un fou dangereux.

– C'est précisément la raison pour laquelle je t'ai contacté, Cal. Je me suis revu à ta place.

– Vous m'avez déjà aidé une fois, mais j'accepte volontiers votre soutien. J'ai besoin de vous. Il faut que je retrouve ma petite sœur.

– Je ferai le maximum, Cal. J'ai conservé des relations, seulement ça risque de prendre du temps, et tu es pressé. À mon avis, les ravisseurs de Gaby vont te contacter…

Je l'ai coupé :

– Quand ? Et comment ? Ce n'est pas comme si je restais chez moi à côté du téléphone ! Je suis injoignable !

– Ils se débrouilleront.

– Qu'est-ce qu'ils attendent de moi ? Vous le savez ?

– Tu détiens certainement quelque chose qui les intéresse, même si tu ignores encore de quoi il s'agit. Ils jouent avec tes nerfs. Je ne crois pas qu'ils feront du mal à ta sœur. Elle leur est plus précieuse vivante que morte.

– Pourvu que vous ayez raison !

– Tout d'abord, il faut que je connaisse ta situation en détail. Je comprends pourquoi les flics te recherchent, mais le bruit court que tu aurais aussi à tes trousses un gros ponte de la mafia.

– Ça, Mr Sharkey, c'est une très longue histoire.

Il s'est levé pour jeter une autre louche d'eau sur les charbons ardents. Un nuage de vapeur a envahi l'espace déjà moite.

– Eh bien, Cal, si tu commençais tout simplement par le commencement ?

13:15

Mon histoire s'était transformée en une véritable saga. Il m'a fallu assez longtemps pour en exposer une version condensée.

J'ai raconté en survolant les détails : la mort de mon père avant qu'il ait pu m'expliquer sa découverte capitale ; le cambriolage de notre maison, à Richmond ; la spirale infernale dans laquelle j'avais été aspiré à cause de deux bandes de criminels qui me traquaient comme des chiens féroces afin de m'éliminer, purement et simplement, et de se rendre maîtres de la Singularité Ormond.

– Mais sans mon aide, ai-je ajouté, les éléments qu'ils m'ont volés ne leur serviront à rien.

J'espérais ne pas me tromper.

– Il faut être capable de les interpréter. Je suis sûr d'en savoir davantage qu'eux. J'ai déchiffré des indices dans les dessins de mon père, découvert des liens entre l'Énigme et le Joyau... Je peux leur proposer un marché : les informations que je détiens en échange de Gaby.

Sharkey a secoué la tête.

– Ne t'emballe pas, Cal. On ne sait même pas qui a enlevé ta sœur.

Voyant mon visage se crisper, l'ex-inspecteur a aussitôt précisé :

– Enfin, pas encore. Ses ravisseurs n'ont pas établi de contact pour l'instant. Toutefois ça ne saurait tarder. Mais comment être sûr qu'ils tiendront leurs engagements ? Et s'ils décidaient de vous supprimer tous les deux ? Il faut imaginer une stratégie de repli. Leur faire croire que tu te proposes en échange de ta petite sœur, alors que le but de ton marché est que vous sortiez de là tous les deux libres, sains et saufs.

J'ai acquiescé. Sharkey a repris :

– À ton avis, qui détient ta sœur ?

– J'ai d'abord songé à Oriana de Witt, seulement je n'en suis plus certain. C'est elle qui a manigancé le rendez-vous avec Bones. Si elle pense avoir tout obtenu de moi, pourquoi enlever Gaby ? Il n'y a plus rien à échanger. Kevin, un des types qui travaillent pour elle, m'a traqué jusqu'à l'hôpital, sans doute pour terminer le sale boulot. Il n'avait pas l'intention de négocier.

– Et maintenant, tu crois que c'est Vulkan Sligo ? Ça pourrait aussi être quelqu'un d'autre, a suggéré doucement Sharkey. Il ne faut négliger aucune possibilité.

J'ai haussé les épaules.

– Sligo ignore probablement qu'Oriana de Witt a mis la main sur le Joyau et l'Énigme. Il doit espérer les échanger contre Gaby.

– Vulkan Sligo est le truand le plus puissant de Richmond. Les autorités s'arrachent les cheveux à cause de lui, et depuis très longtemps. Est-ce que tu réalises ce qui t'attend si tu t'attaques à lui ?

– Mieux que quiconque ! Mais peu importe. Qu'il s'agisse de Sligo ou d'Oriana de Witt, j'ai besoin de leur parler. Il me faudrait un contact. Quelqu'un qui puisse jouer les intermédiaires.

– Attention Cal, il est plus prudent de savoir où on met les pieds quand on projette de se frotter à Sligo. Poser des questions sur un individu de son acabit peut s'avérer dangereux. Le milieu de la mafia est un univers opaque. Tu ne peux t'y aventurer sans un guide qui connaisse ses codes et ses usages.

J'avais déjà appris, à mes dépens, qu'il s'agissait d'un milieu peu accueillant !

– Le problème avec ce genre d'intermédiaires, a poursuivi Sharkey, c'est qu'on ne sait jamais à qui on a affaire et s'il est digne de confiance.

– Je n'ai pas vraiment le choix, vous ne pensez pas ?

Le regard lointain, comme s'il réfléchissait intensément, l'ex-inspecteur a plissé les paupières.

– Non, sans doute. Le kidnapping est l'un des crimes les plus odieux. Pour commencer, il te faut un pseudonyme. Que dirais-tu de Sidney ? Donne-moi ton numéro de téléphone. Je m'occupe de tout.

– Va pour Sidney, ai-je répondu. On a confisqué mon portable à l'hôpital, mais j'en aurai bientôt un nouveau. Je vous appellerai. Merci, Nelson.

J'ai tendu la main à l'ex-inspecteur qui l'a serrée en souriant. Ses yeux, eux, ne souriaient pas, et son visage buriné ne trahissait aucune émotion. Malgré tout, je devinais que mon cas lui tenait à cœur.

Il s'est levé et étiré.

– Bon, sortons d'ici avant de fondre.

14:20

Encore imprégné de la chaleur du sauna, je marchais vite dans la rue, tout en pensant à Gaby, quand, au moment de bifurquer à gauche, je me suis arrêté net.

Un type était en train de taguer le mur d'une boutique. Dès qu'il a senti ma présence, il a jeté sa bombe et s'est précipité dans une ruelle.

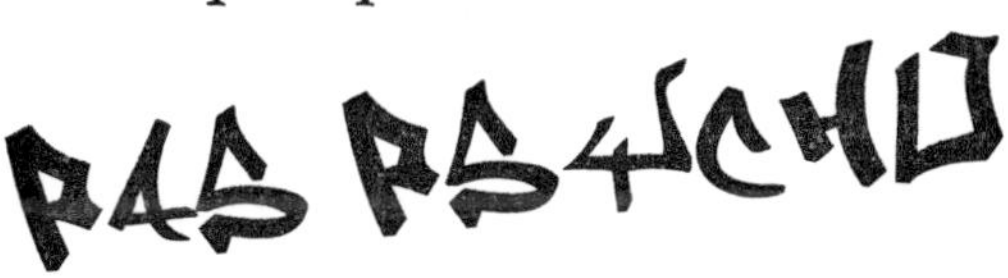

C'était l'auteur du graffiti « Pas psycho » !

J'ai voulu lui courir après, mais il avait déjà disparu.

La peinture humide luisait encore. Que signifiait ce tag ? La première fois que je l'avais vu, c'était dans le collecteur d'eaux pluviales.

12 Lesley Street

21:08

J'ai frappé à la porte et attendu que Winter m'ouvre. Il était tard. Après mon rendez-vous avec Sharkey, j'étais passé jeter un coup d'œil chez Oriana de Witt. J'avais surveillé sa maison pendant deux heures, sans noter quoi que ce soit de suspect. L'endroit était désert.

J'ai frappé à nouveau. Winter m'avait assuré qu'elle serait chez elle, pourtant la lumière était éteinte. Bizarre. Enfin, la poignée a tourné et la porte s'est ouverte lentement, comme si elle s'animait toute seule.

– Il y a quelqu'un ?

Pas de réponse.

Prudent, j'ai avancé d'un pas.

– Surprise !! ont crié Boris et Winter d'une seule voix en jaillissant de derrière le canapé.

– Bon anniversaire, avec un peu de retard ! a ajouté Winter en dévoilant un gâteau au chocolat orné de seize bougies.

J'ai saisi Boris par les épaules.

– Vous êtes dingues ! Un peu plus, j'avais une crise cardiaque !

Une fois remis de mon émotion, j'ai remarqué que l'appartement sentait délicieusement bon et que la table était couverte de friandises, de chips, de toasts et de petits fours !

Boris s'est raclé la gorge. D'une voix de basse, il a entonné :

– Joyeux anniversaire...

Winter s'est aussitôt jointe à lui.

– Allez, Cal ! m'a-t-elle pressé. Fais un vœu, souffle tes bougies !

J'ai contemplé le reflet des flammes sur la surface glacée du gâteau et souri. Je m'inquiétais toujours pour Gaby, mais me retrouver entouré de mes amis, et compter sur un allié de la trempe de Nelson Sharkey, me remontait le moral.

Une fois les bougies soufflées, Boris et Winter m'ont embrassé.

– C'est pour Gaby, a précisé Winter quand elle m'a vu fixer une grosse bougie rose qui brûlait sur son bureau, à côté de la photo de ses parents. C'est sa bougie. Je la ferai brûler tant qu'on ne l'aura pas ramenée auprès de nous.

La lueur d'espoir qui brillait au fond de moi a grandi jusqu'à se transformer en un véritable rayon de soleil.

– Merci, les amis ! me suis-je exclamé.

– On voulait te le fêter juste après ton rendez-vous avec Bones, a repris Winter, mais nos plans ont été légèrement modifiés. Tu peux ouvrir ton cadeau, maintenant.

Elle a sorti un petit paquet entouré d'un nœud.

– De notre part à tous les deux.

Boris a coupé d'énormes parts de gâteau au chocolat tandis que je découvrais mon cadeau d'anniversaire et la carte qui l'accompagnait.

– Génial ! Merci infiniment.

C'était un nouveau portable. Un modèle plus récent que celui que j'avais perdu.

– Je l'ai déjà configuré pour toi, a expliqué Boris. J'ai fait le maximum pour qu'il soit impossible à localiser. Comme je n'ai pas envie d'en bricoler un autre dans l'immédiat, fais-moi plaisir, essaie de le conserver un moment, d'accord ?

21:27

– Et maintenant, le cadeau numéro deux, a annoncé Boris pendant que nous liquidions le gâteau jusqu'à la dernière miette.

Il a pêché, derrière le canapé, un sac à dos ventru.

– Qu'est-ce que ça peut bien être ? a-t-il chantonné entre ses dents tout en l'ouvrant. Waouh, des fringues neuves !

Il a sorti du sac un jean, des tee-shirts, des baskets et un nouveau sweat à capuche. Il les faisait jaillir tour à tour comme un magicien fait surgir des lapins de son haut-de-forme, et les agitait en l'air avant de me les lancer. Puis il a shooté dans le sac à dos pour me l'envoyer :

– Tiens, ton nouveau bagage. Et tâche de ne pas en faire cadeau à un truand !

– Une dernière chose... a murmuré Winter d'une petite voix.

– Quoi donc ?

Boris avait l'air aussi étonné que moi. Visiblement, il n'était pas au courant de ce qu'elle avait préparé.

Elle s'est levée et tortillée sur place, hésitant à continuer.

– Ne te fâche pas, Cal, a-t-elle supplié. Promets-moi que tu ne te mettras pas en colère.

– Promis !

Elle a extrait un rouleau de papier d'un tiroir du coin-cuisine. Ensuite, elle s'est lentement avancée vers moi pour le déposer entre mes mains tout en épiant ma réaction.

Perplexe, j'ai fait glisser l'élastique qui maintenait plusieurs feuilles. Quand je les ai déroulées, une clé USB en est tombée.

– Les dessins ? s'est exclamé Boris, m'ôtant les mots de la bouche. La clé USB ! Le calque !

– Et les lettres avec l'arbre généalogique ! a ajouté Winter, très excitée, avant de se tourner vers moi, l'air grave. N'oublie pas, Cal : tu as promis de ne pas te mettre en colère.

– Tu ferais mieux de nous expliquer.

– Pas de problème. Le soir où on t'a accompagné sur Temperance Lane, et qu'on attendait dehors l'arrivée de ton rendez-vous, j'ai réfléchi aux risques que tu courais de tout perdre. Je savais que tu étais obligé d'emporter le Joyau et l'Énigme, mais personne n'avait mentionné les autres documents.

Boris s'est gratté la tête. Il a ouvert la bouche pour l'interrompre. Elle l'en a dissuadé d'un regard appuyé.

– Comme je le disais, tu avais besoin du Joyau et de l'Énigme, alors je me suis arrangée pour fouiller ton sac et subtiliser le reste dès que j'en ai eu l'occasion !

Je n'en croyais pas mes oreilles.

– Génial ! Pourquoi tu ne me l'as pas révélé plus tôt ? Je flippais complètement à l'idée d'avoir tout perdu, et toi, tu gardais ce trésor ici !

– C'était bien mon intention, seulement... je devais d'abord résoudre un petit problème.

Captivé, Boris a lancé :

– Ne t'interromps pas en si bonne voie. Raconte !

– En fait, dans la panique, j'avais perdu les documents au cimetière ! Je te croyais en train de mourir, Cal. J'étais incapable de réfléchir.

– Moi aussi, a renchéri Boris. C'était de la folie. Si tu avais vu Winter à quatre pattes, en train de creuser pour te déterrer !

Heureuse d'avoir son soutien, Winter lui a souri avant de poursuivre :

– Quand tu es arrivé ici, je n'ai pas osé te mettre au courant. J'étais déjà retournée deux fois au cimetière pour essayer de les retrouver, sans succès. Mais, ce matin, j'ai retenté ma chance... et voilà !

Elle s'est assise, les yeux agrandis par l'appréhension, visiblement inquiète.

– Je suis désolée, Cal, je voulais juste...

Je l'ai interrompue en la serrant dans mes bras.

– Merci, Winter. Tu me fais le plus beau des cadeaux, ai-je murmuré à son oreille.

– Arrêtez, les amis, vous allez me faire pleurer, a plaisanté Boris.

– C'est formidable. À présent, j'ai de quoi négocier.

Libérer Gaby n'était plus impossible. Je détenais une monnaie d'échange.

– Je m'occupe d'Oriana de Witt, a déclaré Boris avec un grand sourire. Je vais la suivre et voir ce que je peux découvrir.

– En tout cas, cet après-midi, sa maison était vide, ai-je remarqué.

– OK. Toi, Winter, a poursuivi Boris, je te propose de te concentrer sur Sligo.

– C'est déjà le cas, a-t-elle répliqué. Mais je pourrais aussi éplucher ses comptes – pour voir s'il a fait des achats inhabituels, comme du matériel médical par exemple.

– Bonne idée, a approuvé Boris.

– Je me demande s'ils ont cherché à prendre contact avec moi, me suis-je inquiété.

– Ils ne s'attendaient sans doute pas à ce que les flics mettent la main sur toi... a suggéré Winter. Tout dépend de celui ou celle qui détient Gaby.

Pensant soudain à mon blog, j'ai interrogé Boris à son sujet.

– Rien qui vaille la peine d'être mentionné, mais tu devrais quand même le consulter.

Je m'y suis connecté avec mon téléphone flambant neuf tandis que Winter grignotait un petit gâteau et que Boris se penchait par-dessus mon épaule.

AOÛT

Mon ami avait raison. Aucun nouveau message privé, aucun nouvel indice sur mon mur, juste quelques phrases de soutien.

Boris s'est redressé et a jeté son sac sur son épaule.

– Il faut que je file maintenant, les amis. À plus.

– Tu veux emporter des gâteaux ? lui a proposé Winter.

– Pourquoi ? Tu me trouves trop maigre ? s'est-il esclaffé en se tapotant le ventre.

Et il est parti en courant.

14 août
J –140

10:42

Une semaine entière venait de s'écouler depuis que j'avais soufflé mes seize bougies. Jamais le temps ne s'était enfui aussi vite. Il me filait entre les doigts, et nous n'avions aucune piste pour retrouver Gaby.

Je me cachais toujours chez Winter. Il fallait que je m'éclipse chaque fois qu'elle avait cours avec sa préceptrice mais, le reste du temps, je m'y sentais en sécurité. Boris passait aussi souvent qu'il le pouvait. Nelson Sharkey et moi gardions le contact. Une routine insupportable s'installait.

Comment l'enlèvement de ma petite sœur avait-il pu se dérouler si facilement ?

Quelqu'un avait forcément vu quelque chose.

Quand les ravisseurs allaient-ils se décider à me contacter ? Je ne cessais de penser à ma sœur. Je ne savais même pas si elle était encore en vie.

Toutefois, au fond de mon cœur, une petite voix m'assurait qu'elle l'était.

17 août
J –137

23:32

Mon portable a sonné juste au moment où j'allais m'endormir. J'ai failli tomber du canapé en voulant l'attraper.

C'était Sharkey :

– J'ai un nom pour toi. Mais il faudra te méfier d'elle.

– Elle ? Qui ça, elle ? La femme qui détient Gaby depuis tout ce temps ?

– Non. Une personne susceptible de te mettre en contact avec ses ravisseurs. Elle s'appelle Ma Little. Elle tient le Rescue Club, une grande bâtisse délabrée qu'elle a transformée en pub de jour et en club de nuit. Vas-y demain. Mais attention, il faut que tu sois très prudent. Les gens comme Ma, qui jouent les intermédiaires, vendent leurs tuyaux au plus offrant. Je ne peux pas agir à ta place. Il est primordial que je reste en dehors de cette affaire.

18 août
J –136

07:45

– Où tu vas ? m'a demandé Winter d'une voix ensommeillée.

– Sharkey m'a indiqué le nom d'une femme qui pourrait m'aider. Je vais la rencontrer.

– Tu reviens quand ?

– Je ne sais pas. Je prends mon téléphone. Souhaite-moi bonne chance.

– Je peux faire mieux.

Elle a sauté du lit et enfilé un jean. En un clin d'œil, elle avait un pull sur le dos, des tennis aux pieds, et les cheveux attachés en queue de cheval.

– Je t'accompagne, a-t-elle déclaré en jetant son sac sur son épaule et en attrapant deux pommes dans une corbeille.

– OK. On est partis.

Rescue Club

09:30

Après quelques tours et détours, Winter et moi avons fini par trouver le Rescue Club, un bâtiment délabré auquel une couche de peinture n'aurait pas fait de mal. Il se dressait non loin des quais de Richmond, en face de la Maison des Navigateurs.

Au-dessus de l'entrée, une bannière décorée d'un étonnant poisson-lion flottait au sommet d'un mât. Sur la porte, un panneau indiquait « Réception ».

J'ai jeté un coup d'œil dans le hall sombre au plancher recouvert de tapis élimés. Il y avait des tables et des fauteuils vides près d'un bar, et un escalier branlant menait à l'étage. En haut des marches, un autre panneau prévenait : « Réservé aux pensionnaires ». J'ai aperçu le petit bureau de la réception sur ma gauche, dans un renfoncement.

– J'y vais, ai-je dit à Winter. Reste là.

Une fois à l'intérieur, je me suis dirigé vers la réception. L'air empestait le tabac froid, malgré le produit désinfectant qu'un homme maigre aspergeait sur les tables avant de les essuyer. Il a tourné vers moi un visage inexpressif aux yeux d'un bleu glacial.

– Tu cherches quelqu'un ?

Sa question ressemblait plus à une menace qu'à une invitation.

– Ma Little. Elle m'attend.

Je bluffais. Tout ce que je voulais, c'était avoir l'air convaincant.

– Elle t'attend ? Toi ? a-t-il fait comme si j'étais un vulgaire cafard.

– Oui.

– Qui c'est, Ray ? a crié une voix masculine depuis les profondeurs de la réception.

– Un gamin qui prétend avoir rendez-vous, a répondu Ray sans me quitter des yeux.

Il tenait son spray de désinfectant comme une arme.

– Je suis Sidney.

Ray a éclaté de rire, et pressé le pistolet par inadvertance ; un petit nuage a jailli de l'embout.

J'ai perçu un mouvement derrière la réception et cligné plusieurs fois des yeux lorsque la masse sombre que je prenais pour une armoire s'est mise en mouvement.

En réalité, c'était une femme monstrueusement grosse, enveloppée dans une immense chasuble noire imprimée de fleurs violettes et blanches, qui s'approchait de la grille séparant la réception du reste du hall.

– Qu'est-ce que tu mates comme ça, Sidney ? a demandé l'énorme femme avec la voix grave et forte d'un homme. Alors, t'as perdu ta langue ?

Ma Little devait mesurer au moins deux mètres de haut, et faire à peu près autant de large. Ses yeux étincelaient au milieu d'un visage sévère couronné par une épaisse tignasse noire qui ressemblait à une perruque.

– Je viens de la part de Nelson Sharkey.

– Ce vieux Sharkey, ça fait un bail, a-t-elle lancé sur un ton bourru.

Impossible de deviner s'ils avaient été amis ou ennemis.

– Si on s'installait dans un coin tranquille pour causer tous les deux, hein ? a-t-elle ajouté avec un rire sinistre.

J'ai suivi cette montagne de chair jusqu'au salon du Rescue Club, situé derrière le bar. L'espace miteux était meublé de quelques fauteuils ringards en cuir noir disposés autour d'une cheminée, et de cendriers sur pied.

Ma Little s'est arrêtée devant un large fauteuil dans lequel elle s'est vautrée. Ses bourrelets de graisse débordaient sur les accoudoirs.

– Nelson m'a assuré que vous pourriez m'aider, ai-je commencé en m'installant dans le fauteuil voisin. Je cherche des informations.

– Quel genre d'informations ?

– Une fillette a été enlevée. J'ai besoin de passer un message à ses ravisseurs.

L'air perplexe, elle m'a interrogé :

– Tu parles de la petite Ormond ?

– Oui.

– Celle qui a un frangin en cavale ?

– Il paraît, ai-je répondu en m'efforçant de garder une voix ferme.

Elle a rapproché son visage du mien et soufflé :

– Un psychopathe. Violent, dangereux, imprévisible, fourbe.

– C'est sa sœur qui m'intéresse. Il faut que je transmette un message à ceux qui la détiennent.

– Tu crois que je les connais ?

– Je l'espère.

– Et qui l'a enlevée, à ton avis ?

– J'ai des soupçons mais rien de sûr. Je veux leur faire une offre.

– Oh, vraiment ? Alors qu'est-ce que tu proposes, Sidney ?

– Je possède des documents dont ils ont absolument besoin pour parvenir à leurs fins.

– Des documents ?

– Oui, parfaitement, me suis-je contenté de rétorquer sans préciser davantage.

– Et tu veux les échanger contre la petite ? C'est quoi ? Une carte au trésor ? a-t-elle plaisanté.

Son rire s'est vite transformé en toux rauque.

– En quelque sorte. Je détiens aussi des informations précieuses pour eux. Sans elles, ils n'aboutiront à rien.

– Peut-être bien que j'ai entendu jaser sur la gamine. Mais je ne renseigne pas pour tes beaux yeux.

J'avais envie de me jeter sur cette grosse femme pour la secouer et lui arracher un renseignement, toutefois je me suis retenu.

– Si c'est de l'argent que vous voulez, vous tombez mal, ai-je soupiré, désespéré.

– Je me fiche de ton argent. Si je t'aide, j'irai me servir chez Sharkey. Tu peux lui dire.

– D'accord.

– Bien. J'ai entendu pas mal de rumeurs au sujet de la petite. Des tas de gens fréquentent mon club. Certains sortent juste de prison. D'autres sont en cavale. D'autres parlent trop. Ils discutent toujours de ce qui se passe en ville.

Elle a plissé les yeux. Ils ont quasiment disparu dans la graisse de son visage bouffi.

– Je sais aussi que la police offre un gros paquet de fric pour un gamin qui leur donne du fil à retordre.

Elle a rejeté la tête en arrière et éclaté d'un rire qui m'a mis très mal à l'aise.

– J'adore quand les flics tombent sur un os ! s'est-elle esclaffée de plus belle en se tapant sur les genoux.

Je n'avais pas le cœur à plaisanter : je me faisais un sang d'encre pour Gaby. Cette femme allait-elle accepter de m'aider ou se contentait-elle de jouer avec moi ?

Son rire s'est brusquement évanoui. Les lèvres serrées en une ligne dure, elle a déclaré avec un ton glacial :

– Tu veux que je leur transmette ton offre ?

– Oui. Dites-leur surtout que, sans les documents que je possède, ils n'obtiendront *jamais* ce qu'ils veulent.

Puis j'ai ajouté en me frappant le front :

– Y compris tout ce qui est là-dedans.

– Ta tête sur un plateau ?

Elle a éclaté d'un rire gras qui s'est terminé en toux rauque.

Une fois calmée, elle m'a dévisagé un moment en silence avant de m'ordonner :

– Donne-moi un coup de main.

Elle voulait que je l'aide à se lever, mais je pouvais à peine la bouger d'un centimètre ! Alors elle a appelé Ray à grand renfort de cris.

10:02

Ray est arrivé en courant, en s'essuyant les mains sur son jean. À nous deux, nous sommes parvenus tant bien que mal à extirper Ma Little de son fauteuil, puis nous nous sommes dirigés à pas lents vers la réception.

– Je vais voir ce que je peux faire, a déclaré la femme obèse. Mais n'oublie pas de prévenir Nelson Sharkey que j'irai me servir chez lui.

Ma Little et Nelson Sharkey semblaient bien se connaître. Sur quoi comptait-elle ? Il n'avait sûrement pas beaucoup d'argent.

Je franchissais la sortie quand Ray a interrompu le cours de mes pensées en criant dans mon dos :

– Mais je te reconnais, toi ! T'es l'ado-psycho !

Et il s'est précipité derrière moi. D'un bond, j'ai sauté les marches du perron du Rescue Club et j'ai pris mes jambes à mon cou. Ma Little se moquait de la récompense promise pour ma capture ; Ray, certainement pas.

Il était maigre, agile, et très nerveux, sauf que moi, je fuyais pour sauver ma peau et celle de Gaby. Courant à perdre haleine, j'ai cherché le moyen de le semer. Je ne voyais aucune issue, aucune ruelle dans laquelle disparaître. Et Ray gagnait du terrain !

Surgie de nulle part, Winter s'est alors matérialisée devant moi. Elle arrivait en sens inverse, à toute allure. Deux secondes plus tard, j'ai entendu un bruit sourd, puis la voix furieuse de Ray.

J'ai jeté un rapide coup d'œil en arrière : Winter l'avait renversé. À présent, ils étaient tous les deux par terre, Winter se confondant en excuses, Ray jurant de dépit. J'ai filé sans demander mon reste.

11:10

De retour à Lesley Street, j'ai constaté avec surprise que Winter m'avait devancé.

– Pauvre Ray. Chaque fois qu'il essayait de se relever, je glissais à nouveau et je me retenais à lui en m'excusant d'être aussi empotée !

– Il a bien failli m'attraper. Tu m'as sauvé.

– Je t'avais dit que tu aurais besoin de moi. Alors, ça s'est passé comment ?

– Bien, je pense.

Je lui ai décrit en détail mon entrevue avec la patronne étrange du Rescue Club.

– Je n'étais même pas certain d'avoir affaire à une femme. Elle est tellement énorme, et sa voix si grave.

– On n'a plus qu'à patienter. Et espérer qu'elle transmette le message.

21 août
J –133

12 Lesley Street

14:11

Plusieurs jours se sont écoulés. Nous n'avions toujours aucune nouvelle des ravisseurs. Sharkey m'avait conseillé d'être patient, le temps que Ma Little se manifeste. Seulement c'était trop long. Je n'en pouvais plus d'angoisser pour Gaby.

Winter n'avait rien trouvé d'intéressant du côté de Sligo : aucun achat extraordinaire, aucune activité suspecte.

Boris gardait un œil sur Oriana de Witt en dehors de ses heures de cours. Quant à moi, je surveillais sa maison dès que possible, mais tout paraissait calme.

Quand Winter est revenue, je consultais mon blog, au cas où les ravisseurs aient cherché à me contacter.

Le matin même, elle était partie inspecter l'entrepôt de Sligo. Elle est entrée en trombe dans l'appartement, a jeté son sac par terre puis s'est installée à côté de moi sur le canapé avant de m'annoncer, les yeux écarquillés :

– J'ai cru que Zombie avait ressuscité d'entre les morts ! Je me cachais derrière une épave de voiture quand, tout à coup, un type est apparu au volant d'un 4x4. En le voyant descendre, j'ai failli m'étouffer de stupeur ! C'était le portrait craché de Zombrovski !

– Quoi ?

Tous ces doubles me donnaient le tournis.

– Aussitôt, Sligo est sorti de la maison pour l'accueillir. J'ai entendu leur conversation. En fait, ce type est le frère de Zombie ! Zombie 2 ! Encore plus baraqué que le numéro 1 !

J'ai lâché un juron. J'avais intérêt à me tenir sur mes gardes.

– Sligo cherchait un remplaçant... Il a trouvé la recrue idéale avec cette brute qui a juré de se venger de l'ado-psycho responsable de la mort de son frère.

– Je n'ai pas tué Zombie. La cloche avec laquelle il voulait m'écraser l'a précipité dans le vide.

– Je sais, Cal.

Winter m'a effleuré la main, comme pour me signifier que je n'avais pas besoin de me justifier.

– Il y a autre chose, a-t-elle poursuivi.

– Quoi donc ?

– Tu vas devoir retourner à la villa de Crystal Beach pendant quelques jours.

– Oh, non. Quand ? Pourquoi ?

– Sligo projette de m'apporter un nouveau bureau. Il n'a précisé ni le jour ni l'heure, mais je crois qu'il est plus prudent pour toi de partir. J'en ai déjà parlé à Boris. Il est au courant.

Dépité, j'ai commencé à rassembler mes affaires.

– Ne fais pas cette tête, a-t-elle ajouté en me prenant la main. Je te rendrai visite le plus souvent possible.

5 Enid Villa
Crystal Beach

17:17

– Tu sais, mec, je suis retourné chez Bones le croque-mort pour inspecter les lieux, mais l'employé se méfiait, j'ai été obligé de m'en aller.

– De toute façon, ça m'étonnerait que l'Énigme et le Joyau soient encore là-bas.

Nous étions assis dans la cuisine de la villa de Crystal Beach, attablés devant des hamburgers succulents et des boissons fraîches que Boris avait achetés sur la route.

– Regarde, a-t-il dit en désignant son téléphone. Tu as des messages perso sur ton blog.

B L O G	Mettre à jour le profil Déconnexion
CAL ORMOND	Appelle-moi demain à 14 h. Griff
Écrire à Cal **Laisser un commentaire** **Boîte de réception (2 messages)**	

– Je me demande ce qu'il veut, celui-là, a ajouté Boris en fronçant les sourcils.

– Je l'ignore. De toute façon, impossible de lui téléphoner, je n'ai même plus son numéro.

– Je dois l'avoir enregistré dans la liste de mes contacts. Deux secondes. Et l'autre message, c'est de qui ?

AOÛT

BLOG	Mettre à jour le profil	Déconnexion
CAL ORMOND	J'ai des infos sur une absente. Griff	
Écrire à Cal **Laisser un commentaire** **Boîte de réception (1 message)**		

– Il sait quelque chose sur Gaby ! me suis-je écrié, surexcité.

Devant l'expression du visage de Boris, j'ai compris qu'il n'y croyait pas une seconde.

– OK, j'avais juré de ne plus jamais avoir affaire à lui, mais, là, ça change tout !

Mon ami m'a contemplé comme si je n'étais qu'un pauvre idiot.

– Écoute, Boris, on ne dispose d'aucun indice. Personne n'a rien trouvé ! Pourquoi ne pas courir le risque ?

– On n'a rien trouvé... *pour l'instant*.

– Je n'en peux plus d'attendre. Donne-moi son numéro. Il faut que j'en aie le cœur net. Même si c'est une fausse piste.

22 août
J –132

Felicity Guesthouse

16:02

Je me suis rendu à l'adresse que Griff m'avait donnée par téléphone. Autrefois, la vieille bâtisse en bois devait avoir vue sur la mer, à présent elle disparaissait au milieu des immeubles. Je me suis assuré qu'il existait plusieurs issues au cas où j'aurais besoin de me sauver. J'étais conscient du danger que représentait ce rendez-vous.

Une fois devant la porte de la chambre n° 11, le cœur battant, j'ai frappé, prêt à détaler à la moindre alerte.

– Entre ! a crié Griff.

Allongé par terre, il jouait à un jeu vidéo.

– Une minute, je le mets sur pause.

Il s'est relevé d'un bond en m'adressant un grand sourire. Avec ses cheveux dressés en pointes, il ressemblait à un stégosaure.

– Ça me fait vachement plaisir de te revoir ! Je me demandais si tu viendrais.

– Je suis là uniquement pour ma sœur.

– T'as cogné à la bonne porte, Cal.

Il a vérifié la tenue de sa crête dans une glace et ajouté avec un petit sourire :

– À moins que tu préfères que je t'appelle Tom ? Ma tante m'a chargé de te contacter.

– Ta tante ? Je croyais qu'elle t'avait flanqué dehors.

– Oui. Mais elle a fini par comprendre que je pouvais lui être utile. C'est elle qui a l'info.

– Sur Gaby ? ai-je bégayé, déstabilisé. Comment est-elle au courant ?

Griff a éteint sa console et ramassé son porte-monnaie et ses clés.

– Ma tante sait tout ce qui se passe dans cette ville. Elle dirige un club très célèbre.

– Un club ? Ta tante... elle est plutôt... grande ?

– Si elle est grande ? Gigantesque, tu veux dire ! Au moins deux mètres !

J'hallucinais. Ma Little était la tante de Griff !

– Bref, elle m'a chargé de te conduire chez un indic, le Dr Maggot. Il est d'accord pour jouer les intermédiaires entre toi et ceux qui ont enlevé ta sœur.

Un docteur ? Soignait-il Gaby ?

– Mais pourquoi Ma Little n'a-t-elle pas confié son nom à Nelson Sharkey ?

– Le flic ?

– L'ex-inspecteur, oui. C'est lui qui m'a envoyé chez elle.

– Elle préfère sans doute le laisser en dehors de ça, jusqu'au moment de passer à la caisse, bien sûr.

Il s'est frotté les mains en ajoutant :

– Allez, viens. Je t'emmène chez Maggot.

17:15

La capuche de mon nouveau sweat rabattue sur les yeux, j'ai suivi Griff dans la rue. Malgré ma hâte de savoir où se trouvait Gaby, je me méfiais de lui. Au moindre soupçon de trahison, je n'hésiterais pas à décamper.

– J'ai vu ta tête affichée chez les flics, a-t-il dit tout en marchant.

– Qu'est-ce que tu faisais chez eux ? Ils t'ont piqué au volant d'une voiture de sport et tu avais égaré tes papiers ?

– Non, c'était juste un petit malentendu. Sais-tu que tu es un type de très grande valeur ? Pour celui qui aurait l'idée de te livrer aux flics, je veux dire.

Je me suis arrêté net.

– Cette idée t'aurait pas traversé l'esprit, des fois ? Fais gaffe, car je suis capable de tout pour sauver ma peau !

J'ai pris mon air le plus menaçant. Je dépassais Griff d'une bonne tête et j'étais beaucoup plus coriace que lui.

– Hé ! T'énerve pas ! Qui parle de te dénoncer ? J'suis pas une balance !

Nous sommes repartis d'un pas rapide, lui devant, moi derrière.

– Je n'aime pas les traîtres, l'ai-je prévenu. Et je n'aime pas non plus les voyous qui attaquent les femmes dans les parkings.

– Oh, ça va. T'as oublié que je t'ai aidé ? Je suis de ton côté.

– Vraiment ? Et toujours copain avec Triple-Zéro ? Tu es au courant qu'il a failli me tuer en m'enfermant dans une chambre froide pour obtenir l'argent de la récompense ?

– C'est pas mon genre. Moi, je suis un gars réglo. Voilà, on est arrivés, a-t-il dit en désignant l'autre côté de la rue.

Le Dr Maggot travaillait dans une maison mitoyenne qu'il avait transformée en forteresse. Des barreaux entouraient sa véranda et la porte d'entrée était en acier blindé. Devant elle, un homme musclé vêtu d'un costume anthracite et d'une chemise brune à col ouvert faisait les cent pas en fumant. Dès qu'il nous a vus, il s'est figé et nous a jeté un regard menaçant à travers les barreaux. Il ressemblait à un gorille en cage.

– Fichez le camp avant que je lâche les chiens, a-t-il grogné quand nous nous sommes approchés.

Au même instant, des aboiements ont explosé comme pour confirmer sa menace, mais les chiens sont restés invisibles.

– On a rendez-vous avec le Dr Maggot.

– C'est Ma Little qui nous envoie, a précisé Griff.

Le type nous a dévisagés avant de disparaître dans la maison. Il a réapparu une seconde plus tard, a ouvert en nous faisant signe de pénétrer dans un couloir obscur.

– Entrez, je vous en prie, a lancé une autre voix. Dernière porte à droite.

D'un pas hésitant, nous avons gagné la quatrième porte, où se tenait un homme voûté, en gilet de laine noire. Il avait des lunettes aux verres épais, un grand front dégarni, et de longs cheveux blancs attachés en queue de cheval.

– Dr Maggot ?

– Lui-même.

La pièce était très sombre. Seules quelques sources lumineuses isolées éclairaient des spécimens botaniques conservés dans d'énormes aquariums en verre. L'atmosphère humide dégageait une odeur de terre et de feuilles mouillées, comme après la pluie.

– On m'a prévenu de ta visite, a commencé le Dr Maggot.

Je ne pouvais détacher mes yeux des champignons que j'apercevais derrière les vitres. À quoi lui servaient-ils ?

Amusé par mon expression perplexe, il a expliqué :

– Je suis un expert en champignons mortels, et voici des spécimens très intéressants de ma collection.

Sur un morceau de bois pourrissant sous une lampe, il y en avait trois, assez gros, aux chapeaux d'un blanc verdâtre.

Tout en tapotant le couvercle en verre, Maggot a poursuivi :

– *Amanita phalloides*, l'amanite phalloïde, ou calice de la mort. Un tueur très sournois. Son goût est agréable mais au bout de huit heures, des douleurs atroces se déclenchent dans le ventre. Ensuite, on se sent mieux. On croit avoir été victime d'une simple intoxication alimentaire. Trois jours plus tard, on tombe raide mort. Quelle merveille !

Faisant voler sa queue de cheval d'un mouvement de tête, il s'est penché pour observer ses protégés de plus près à travers ses épaisses lunettes.

Je n'étais pas venu jusqu'à lui pour suivre un cours sur les champignons...

– On m'a dit que vous pourriez me mettre en contact avec les gens qui ont kidnappé Gaby Ormond, ai-je lancé.

Le docteur s'est rapproché de moi. Sa peau avait la même teinte verdâtre que ses trois précieux champignons. Instinctivement, j'ai reculé d'un pas.

– Ma tante a affirmé que vous aideriez mon copain Sidney à passer un message aux ravisseurs, est intervenu Griff, en me donnant une tape dans le dos.

Mon regard s'est posé sur un bocal contenant un gros champignon rouge à pois blancs, semblable à ceux des contes de fées.

Ignorant l'amanite tue-mouche, Maggot s'est intéressé à un autre spécimen, plus grand et tout blanc, incliné vers la vitre.

– Et voici *Amanita virosa*, l'amanite vireuse, ou ange de la mort. Quelle beauté ! J'ai baptisé ma fille aînée Amanita, et la plus jeune Galerina, d'après *Galerina automnalis*, la galère d'automne.

Il a poussé un profond soupir et ajouté :

– Comme elles me manquent, mes filles.

Puis il a ramassé une feuille de papier en disant :

– Il faut être prudent quand on va à la cueillette des champignons.

Ce vieux type me donnait la chair de poule avec ses longs cheveux blancs, sa peau blafarde et sa collection de champignons mortels, mais surtout il m'agaçait. J'ai lancé :

– Une fillette est retenue prisonnière. On m'avait assuré que vous m'aideriez. J'ai mal compris ?

Le Dr Maggot a gloussé. De rage, j'ai serré les poings si fort que mes ongles se sont enfoncés dans mes paumes. Toutefois, avant que j'aie pu répliquer, il s'est mis à lire le papier qu'il venait de saisir.

– Voici mes instructions : vous devez appeler le...

Je lui ai arraché la feuille des mains. Je m'apprêtais à composer le numéro sur mon portable quand la pièce a soudain été plongée dans le noir.

– Hé ! Qu'est-ce qui se passe ? Griff ?

– J'en sais rien, a répondu ce dernier tout aussi affolé que moi.

La voix du Dr Maggot s'est alors élevée à un angle de la pièce.

– Éclairage automatique programmé. À cause des spécimens luminescents. Admirez-les.

Une lueur verte émanant d'un groupe de champignons se reflétait sur le visage du docteur penché sur eux, et le rendait encore plus morbide.

Du seuil de la porte, Griff m'a appelé :

– Hé, Sidney. T'as ce que tu voulais. Fichons le camp.

Je l'ai rejoint en vitesse.

– Vous êtes donc si pressés, les garçons ? a interrogé Maggot. Où allez-vous ?

– Le plus loin possible de toi et de ta tronche d'amanite, a grommelé Griff tandis que nous nous précipitions vers la sortie.

Les chiens se sont remis à aboyer. Le gars musclé a déverrouillé la porte.

Tout en traversant la rue, Griff m'a lancé :

– Ce Maggot sort tout droit de chez les morts-vivants. En tout cas, t'as obtenu un numéro de téléphone. Tu crois qu'il a fait manger des omelettes aux champignons mortels à ses filles ?

Avant que j'aie eu le temps de lui répondre, les portes arrière d'un gros camion de chantier garé sur le trottoir se sont brusquement ouvertes, et des policiers antiémeute armés de matraques et de boucliers ont jailli de leur cachette.

En un centième de seconde, j'ai fait volte-face et filé à toutes jambes.

Des projecteurs ont illuminé la rue, projetant mon ombre devant moi tandis que je courais comme un fou. Les bottes de mes poursuivants martelaient le sol derrière moi.

– Stop ! Police ! Arrêtez-vous !

Tête baissée, les pieds dérapant sur le trottoir à cause de la pluie qui commençait à tomber, j'ai accéléré. On m'avait tendu un piège ! J'ignorais qui m'avait trahi, et ce n'était pas le moment de me poser des questions. Griff avait disparu. J'avais intérêt à en faire autant.

Je me suis dirigé droit vers les lumières de la ville, accroissant la distance entre moi, la rue du Dr Maggot, et l'escadron antiémeute.

Les policiers criaient dans leurs radios, hurlaient des ordres. Dans une fraction de seconde, le quartier serait bouclé par des renforts.

Un grondement a empli le ciel. Au même instant, une lumière aveuglante a inondé la rue. Au centre du carrefour où j'allais déboucher, un hélicoptère de la police faisait du surplace.

Sur ma gauche, une étroite ruelle interdite à la circulation par des plots en ciment m'offrait un refuge précaire, mais je m'y suis tout de même jeté.

Accroupi derrière des poubelles, j'ai scruté les alentours. Le vrombissement de l'hélicoptère était assourdissant. Son puissant projecteur a balayé la rue que je venais de quitter, les trottoirs, les véhicules stationnés. Je ne savais plus quoi faire, ni où aller. Plusieurs voitures de police sont passées en trombe, suivies par l'escadron antiémeute.

– Fouillez cette ruelle ! a beuglé une voix.

AOÛT

Me relevant d'un bond, j'ai envoyé les poubelles valser sur la chaussée, puis j'ai filé. Pourvu que je ne me sois pas fourvoyé dans une impasse !

– C'est lui !

Arrivé au bout de la ruelle, j'ai viré brusquement à droite ; emporté par mon élan, j'ai failli tomber. Le bourdonnement de l'hélicoptère se rapprochait. Je me suis aplati contre un mur. Il m'a semblé que l'appareil me dépassait, mais je n'en étais pas sûr.

De toute façon, les policiers antiémeute m'avaient repéré. Je devais déguerpir.

Mes jambes tremblaient, j'avais mal partout. Je ne voyais aucun endroit où me cacher. Dans ce quartier, toutes les maisons étaient mitoyennes et bâties le long du trottoir. Elles ne comportaient ni cour, ni jardin, ni allées latérales.

Les sirènes hurlaient, de plus en plus proches. L'hélicoptère revenait dans ma direction !

Tout à coup, un camion garé non loin de moi a démarré. La portière côté passager s'est ouverte largement alors qu'il commençait à rouler.

Impossible de lui échapper.

– Dépêche-toi, mec ! Monte ! a lancé une voix depuis l'intérieur.

– Boris ?

– Allez ! Magne-toi ! a-t-il répété en tendant ses mains vers moi.

J'ai foncé vers la portière. Mon ami se tenait prêt à me hisser à l'intérieur du véhicule.

Les pas des policiers se rapprochaient.

– Saute ! Vite ! Avant qu'ils te voient !

Dans un ultime sursaut d'énergie, je me suis élancé, j'ai posé un pied dans la cabine et attrapé les mains de Boris. Il m'a tracté avec une force impressionnante. La portière a claqué derrière moi.

– Foncez ! a-t-il crié au conducteur.

Le camion a accéléré et semé mes poursuivants. Boris s'est poussé sur la banquette pour m'y faire une place. Je me suis retourné, inquiet. Les policiers cherchaient leur cible dans toutes les directions, sans succès.

– Boris, ai-je haleté. T'es vraiment génial !

– Je sais, a-t-il gloussé avec sa modestie coutumière. Mais on n'est pas tirés d'affaire pour autant !

C'est alors que j'ai reconnu le conducteur aux cheveux noirs courbé sur le volant.

– Sharkey !

– Quand j'ai appris que tu te rendais chez Maggot, j'ai préféré assurer tes arrières.

– Excellente initiative ! Donc inutile de vous présenter Boris.

Comment ces deux-là avaient-ils fait connaissance ? Mystère.

Au volant, Sharkey a viré brusquement, nous envoyant valser dans la cabine.

– Où je vous conduis ? a-t-il demandé en ralentissant pour laisser passer deux voitures de police qui remontaient la rue.

Leurs occupants n'ont prêté aucune attention au camion. Ils cherchaient un fugitif à pied !

– Vous pourriez nous déposer dans le quartier de la Gare Centrale ?

Non loin de la gare se trouvait le collecteur d'eaux pluviales où je m'étais réfugié en février.

– Pas de problème. Alors, tu as obtenu un renseignement chez le Dr Maggot ?

– Il m'a donné un numéro de téléphone.

Sharkey a hoché la tête.

– Peut-on se fier à ce Maggot ? s'est inquiété Boris.

– Même si quelqu'un a prévenu la police du lieu de ton rendez-vous, Cal, je pense sincèrement que l'information est sûre, a observé Sharkey. Ma Little est fiable. Je te suggère de rester planqué quelques heures et d'en profiter pour téléphoner. Tiens-moi au courant. On se retrouvera plus tard pour élaborer un plan d'attaque, d'accord ?

J'ai interrogé Boris du regard, afin de voir s'il se joindrait à nous.

– Entendu, a-t-il répondu.

Quartier de la Gare Centrale

18:53

Sharkey s'est arrêté à l'endroit convenu. Boris et moi sommes descendus du camion.

– Merci encore. Sans vous, j'étais fait comme un rat. Espérons que vous n'aurez pas à recommencer ce genre de rodéo une troisième fois !

Collecteur d'eaux pluviales

19:30

Guidés par la seule lumière de nos portables, Boris et moi nous sommes engagés à pas prudents dans les profondeurs ténébreuses du réseau d'égouts souterrain.

– Un exploit de plus au palmarès de Boris, le super héros ! ai-je plaisanté.

Même dans l'obscurité, je devinais le sourire de mon meilleur ami.

– Je n'aimais pas te savoir en compagnie de Griff Kirby. Je t'ai suivi. La dernière fois que je t'ai laissé seul, tu t'es retrouvé dans un cercueil ! Je n'avais aucune envie que ça se reproduise.

Pendant que j'espionnais la maison de Maggot, j'ai remarqué des trucs bizarres : une voiture de police qui remontait et descendait la rue lentement ; trois flics venus surveiller le coin ; et un type qui, comme moi, se planquait. Vu qu'il correspondait à ta description de Sharkey, je me suis approché et je l'ai accosté. On a décidé de faire équipe, et tu connais la suite.

La pente s'accentuait. Il faisait froid, les murs suintaient l'humidité, une odeur d'ordures et de feuilles pourries flottait dans l'air.

– Je me suis déjà réfugié ici.

Au-dessus de nos têtes, dans le halo de mon portable braqué vers le plafond du tunnel, s'étalait un tag « Pas psycho ».

– Il y a un renfoncement, là-haut. Je l'ai utilisé comme chambre à coucher.

– Génial, a décrété Boris avec un petit rire avant de pousser un cri perçant.

Un rat venait de détaler à nos pieds.

J'ai vérifié que mon portable captait et composé le numéro inscrit sur le papier de Maggot.

Je suis tombé sur un répondeur.

Après une seconde d'hésitation, j'ai annoncé :

– Ici Cal Ormond. Je possède certains documents essentiels pour vous. Les informations que je détiens sont inestimables et ma tête vaut cent mille dollars. Je vous offre le tout en échange de la libération de ma sœur, Gaby Ormond, saine et sauve. Appelez-moi pour fixer un rendez-vous.

J'ai donné mon numéro et raccroché.

Boris m'a décoché un regard inquiet.

– Te livrer en échange de ta sœur, chapeau, mon vieux.

– Peu importe, pourvu qu'il n'arrive rien à Gaby. Je préfère aller en prison et la savoir saine et sauve. Même si j'espère bien échapper aux ravisseurs et nous assurer, à tous les deux, la liberté. La balle est dans leur camp maintenant.

Je me suis débarrassé de mon sac à dos avant de me laisser glisser contre le mur jusqu'au sol. J'étais épuisé.

Boris s'est assis à côté de moi.

– Courage, mon pote. Tu as besoin d'une bonne nuit de sommeil, et moi aussi.

Je somnolais quand soudain, le mur et le sol se sont mis à vibrer, un bruit de tonnerre a résonné dans le tunnel. D'un bond, je me suis relevé. L'espace d'une seconde, j'ai craint d'être emporté par une énorme vague, comme la dernière fois.

– Qu'est-ce qui se passe ? s'est inquiété Boris.

Le bruit s'atténuait déjà.

– Ce n'est qu'un train, l'ai-je rassuré.

Un bref instant, j'ai pensé à Dep, puis je me suis tourné vers Boris.

– On ferait bien de remonter à la surface.

AOÛT

Dans les rues de Richmond

21:43

Boris et moi nous sommes séparés et sommes partis dans des directions différentes.

Tout en marchant, je songeais à Winter. J'allais lui téléphoner lorsque j'ai aperçu, de l'autre côté de la rue, une silhouette en train de taguer un mur.

C'était le type sur lequel j'étais tombé l'autre jour !

Il avait exactement ma taille, des cheveux longs et blonds, comme les miens avant, un sweat à capuche, un jean noir et des baskets noires. Il inscrivait à la peinture jaune son graffiti « Pas psycho ».

En se retournant pour vérifier que personne ne l'avait repéré, il m'a vu et s'est figé sur place.

Moi aussi !

C'était *lui !*

Mon sosie !

– Hé ! Toi ! Il faut que je te parle ! ai-je crié en me précipitant vers lui.

Cette fois, j'étais déterminé à le coincer et à découvrir si son histoire était ou non liée à la mienne. Mais il a balancé sa bombe de peinture et détalé.

Nous étions de vitesse égale, sauf que ses quelques mètres d'avance sur moi lui procuraient un avantage.

Je l'ai pris en chasse, bien décidé à ne pas le lâcher d'une semelle. Je dérapais dans les virages derrière lui, mes pas faisaient écho à ses pas. Nous courions à perdre haleine. De temps à autre, il jetait un œil par-dessus son épaule pour évaluer la distance qui nous séparait. Je sentais que je pouvais le rattraper.

Dans l'espoir de me semer, il a bondi sur une clôture qu'il a escaladée. Je l'ai imité. J'ai atterri lourdement de l'autre côté, mais je me suis relevé aussitôt et remis à courir derrière sa silhouette qui s'estompait dans la nuit.

Nous avons traversé un terrain de foot. Il a sauté une barrière qui se dressait au bout et poursuivi sa course entre maisons et immeubles. Il commençait à fatiguer, tandis que mon entraînement forcé de ces huit derniers mois m'avait endurci et que mon séjour chez Winter m'avait redonné des forces.

Soudain, il a bifurqué dans une rue transversale.

Il ne fallait surtout pas qu'il pénètre dans un bâtiment avant que j'aie atteint le coin de la rue. Heureusement, je l'ai vu s'engouffrer dans un immeuble. Trois secondes plus tard, j'ai atteint une lourde porte en verre que j'ai retenue juste à temps.

AOÛT

Je me suis caché dans le hall, derrière une plante, et j'ai tendu l'oreille. Il montait l'escalier en haletant. Il a marqué une pause au premier étage et lâché un soupir de soulagement. Il pensait sans aucun doute m'avoir semé.

Plaqué contre le mur, j'ai lentement gravi les marches. Dès que j'ai entendu un bruit de clés, j'ai foncé vers le palier et surgi dans le couloir. Paniqué, mon sosie s'est retourné face à moi tout en poussant la porte d'un appartement. Il n'a pas eu le temps de la claquer derrière lui : je l'ai bloquée avec mon pied.

Je me suis engouffré à l'intérieur sans trop savoir dans quelle pièce il se cachait. Un grincement m'a alerté. Au moment même où je pénétrais dans la chambre la plus éloignée de l'entrée, il s'est échappé par la fenêtre.

Je l'ai vu filer sur le toit-terrasse de l'immeuble voisin. Enjambant à mon tour le rebord de la fenêtre, je me suis laissé tomber un mètre plus bas.

Il venait d'atteindre une porte, sûrement celle d'un escalier de secours, par laquelle il s'est enfui avant que je puisse le rattraper. Le temps que j'arrive, il l'avait déjà verrouillée.

Furieux, j'ai martelé la paroi en métal de toutes mes forces en jurant.

Je l'avais perdu.

22:14

Je suis retourné dans l'appartement par le même chemin et j'ai allumé la lumière.

J'ai découvert une bibliothèque remplie de livres, de trophées sportifs, de photos de classe. Des vêtements s'entassaient par terre, le lit était défait, une chaussette sale traînait sur une petite télévision à écran plat.

Cette chambre me rappelait curieusement la mienne, à Richmond.

J'ai ramassé un cahier de textes sur le bureau. Un nom était griffonné à l'intérieur : Ryan Spencer. Ce type fréquentait donc le lycée d'où je l'avais vu sortir un jour et il était dans la même classe que moi.

Sidéré, j'ai détaillé ses photos : avec son équipe de foot ; en maillot de bain, une planche de surf entre les mains ; serrant dans ses bras une femme – sans doute sa mère. J'avais l'impression de me voir sur ces photos. Plus étrange encore : sur un cliché pris quand il avait deux ou trois ans, il me ressemblait déjà comme un jumeau.

Un bruit dans le couloir m'a tiré de mes pensées. Il ne fallait pas que je m'attarde ici ! D'une minute à l'autre, le père ou la mère de Ryan risquait de surgir.

Au moment de quitter la pièce, quelque chose sur une étagère a attiré mon regard. Une onde de peur m'a secoué de la tête aux pieds et cloué sur place.

C'était impossible !

Et pourtant...

Un nouveau bruit m'a arraché à la contemplation de l'objet qui m'avait hypnotisé. J'ai attrapé une photo de Ryan posée sur son bureau, filé en vitesse vers la porte d'entrée, dévalé les marches, traversé le hall et foncé dans la rue sans même vérifier si la voie était libre.

22:25

Sérieusement perturbé, j'ai manqué me faire renverser par une voiture. Je ne l'ai vue que lorsqu'elle a pilé dans un crissement de pneus strident pour m'éviter.

Ce que j'avais découvert dans la chambre de Ryan me hantait.

Mon portable s'est mis à sonner.

– Oui ? ai-je dit sans ralentir.

– Nous avons reçu le message, a annoncé une voix déformée.

Les ravisseurs de Gaby ! Je me suis calé dans l'encoignure d'un mur pour écouter avec attention.

La voix a continué :

– Nous acceptons le marché. L'heure, la date et le lieu de l'échange seront fixés ultérieurement. Nous vous rappellerons.

– Attendez ! ai-je crié.

Je voulais m'assurer que Gaby était en vie. Trop tard ! Ils avaient déjà raccroché.

Je tremblais de tous mes membres. Les kidnappeurs acceptaient ma proposition !

Immédiatement, j'ai averti Boris.

Ravisseurs sont OK. ApL moi.

Ensuite, j'ai téléphoné à Winter, juste pour m'assurer que je pouvais venir chez elle. Je ne souhaitais rien lui révéler avant de me retrouver près d'elle.

12 Lesley Street

23:10

J'ai couru tout le long du chemin. Winter m'a ouvert immédiatement. Elle avait l'air inquiète.

– Qu'est-ce qui se passe, Cal ? Il est arrivé quelque chose à Gaby ?

– Ses ravisseurs m'ont contacté ! Ils me communiqueront leurs instructions pour procéder à l'échange plus tard !

Winter a porté les mains à sa bouche.

– Entre, a-t-elle déclaré en m'attrapant les bras pour me tirer à l'intérieur de l'appartement. Je veux être avec toi quand ils appelleront. Et tu ferais bien de prévenir Boris. Lui aussi doit être présent.

– Je viens de lui envoyer un texto. Mais j'ignore quand ils me recontacteront. J'espère que Gaby est saine et sauve. Ils ne m'ont pas laissé le temps de leur demander de ses nouvelles.

– Ne va pas imaginer le pire, Cal.

Elle s'est interrompue et a posé une main sur mon front.

– Tu te sens bien ? Tu es livide. Jamais je ne t'ai vu aussi pâle.

J'ai secoué la tête.

– J'ai vécu un truc vraiment étrange...

– Raconte, Cal, a-t-elle proposé d'une voix douce en m'entraînant vers le canapé.

Elle m'a tendu une bouteille d'eau.

Ne sachant par où commencer, je me suis mis à bafouiller.

– Winter... J'ai revu ce type. Mon sosie.

– Tu l'as déjà croisé plusieurs fois, non ?

– Ce n'est pas le fait de le rencontrer qui m'a effrayé. Il était en train de taguer le graffiti « Pas psycho ». Il s'est enfui en m'apercevant et je l'ai poursuivi jusque chez lui. Je suis entré dans son immeuble. Dans son appartement. Il m'a semé mais j'ai relevé son nom dans son cahier de textes : il s'appelle Ryan Spencer.

Je lui ai montré la photo que j'avais prise dans la chambre. Il posait dans un canoë rouge, brandissant un énorme barramundi[1].

– Ouah. Incroyable, la ressemblance ! C'est génial d'avoir enfin découvert son identité.

Winter paraissait impressionnée, toutefois elle ne comprenait pas que je sois aussi bouleversé.

J'ai pris une profonde inspiration avant de poursuivre :

– Dans sa chambre, il y avait un truc...

J'ai avalé ma salive.

– Sur une étagère... le chien blanc en peluche de mon cauchemar.

– Tu as vu une peluche qui ressemble à celle de ton cauchemar ?

J'ai secoué la tête.

– Non, non. C'était *exactement* la peluche de mon cauchemar – tout usée et râpée. Rien que d'y penser... Regarde, j'en ai la chair de poule ! Par quel mystère ce chien se trouve-t-il chez Ryan Spencer ?

1. Gros poisson de rivière à la chair ferme, proche du thon.

AOÛT

Winter m'a fixé longuement.

– Le monde réel s'est infiltré dans ton cauchemar.

– Tu crois qu'il s'agit de mon frère jumeau ? Et que nous avons eu le même chien blanc en peluche quand nous étions petits ?

Elle a acquiescé.

– *Deux petits agneaux perdus dans la nuit glacée, le premier fut sauvé, le deuxième jamais retrouvé*, a-t-elle récité, répétant mot pour mot les paroles de la chanson de ma grand-tante Emily. Ce qui soulève une question : lequel a été sauvé, et lequel jamais retrouvé ?

J'étais certain d'être le fils de mes parents. Certain d'être un Ormond. Je ressemblais à mes parents.

Mais je ressemblais aussi à Ryan Spencer. Tous deux, nous étions comme deux gouttes d'eau.

23 août
J –131

00:05

Préférant détourner mon attention de Ryan Spencer, Winter m'a montré ses propres notes sur le DMO.

– Tiens, regarde !

> Amor et suevre tosjors celer
> moyen français
> voir poème « La Chastelaine de Vergi »

– Ce vers ressemble à celui d'un poème médiéval intitulé « La Chastelaine de Vergi », autrement dit « La Châtelaine de Vergy ». Vergy est situé quelque part en France.

– D'abord l'Irlande, et maintenant la France. C'est dingue.

– On découvre de plus en plus d'informations. Une fois que tu auras ramené Gaby...

Une pensée horrible m'a alors traversé l'esprit.

– Et si je n'y parviens pas ? Dès que les ravisseurs me contacteront, il faudra trouver le moyen de les doubler. De récupérer Gaby saine et sauve sans que je tombe entre leurs pattes.

– On est assez malins pour déjouer leurs plans, j'en suis sûre.

L'air pensive, elle a incliné la tête puis ajouté :

– Griff Kirby pourrait avoir des idées intéressantes à ce propos, lui qui est si habile pour tromper son monde.

J'ai secoué la tête.

– Impossible de se fier à ce type. C'est sans doute lui qui m'a dénoncé aux flics avant de m'accompagner chez le Dr Maggot. Restons plutôt entre nous. Je veux protéger ma sœur. Je veux la ramener à la maison et convaincre ma mère que je ne suis ni un criminel ni un psychopathe.

27 août
J –127

5 Enid Villa
Crystal Beach

10:10

Caché derrière les lourds rideaux, j'ai observé Boris remonter l'allée en poussant un vélo. Il tenait un casque dans une main. Je lui ai ouvert la porte.

– T'as des nouvelles ? m'a-t-il demandé.

J'ai secoué la tête.

Chaque jour qui passait me faisait perdre un peu plus espoir. Je refusais de croire que ma sœur était morte, cependant l'incertitude devenait de plus en plus difficile à vivre.

– T'inquiète pas, ils vont se manifester, m'a rassuré Boris. Quand doit-on rencontrer Nelson Sharkey ?

– Je lui ai parlé deux ou trois fois au téléphone, mais ça ne sert à rien de se voir tant qu'on n'a pas de nouvelles des ravisseurs. Il va falloir échafauder un plan pour les doubler.

– À propos de double, tu as repensé à Ryan Spencer ? Et au chien en peluche ? Tu as fait d'autres cauchemars depuis ?

– Non, pas de nouveaux cauchemars, mais je songe sans arrêt à Ryan...

– On se concentrera sur son cas dès que l'échange avec les kidnappeurs de Gaby aura eu lieu. Bon, il faut que je m'en aille. Je voulais juste t'apporter ce vélo. Tu pourras te déplacer un peu plus vite comme ça. Je l'ai remis en état. Enfin, un conseil d'ami, méfie-toi de Zombie 2 si tu vas te balader du côté de l'une ou l'autre des résidences de Vulkan Sligo.

13:32

J'ai apprécié de remonter sur un vélo. Je l'ai camouflé dans des buissons avant de me dissimuler derrière l'épave rouillée d'une Volkswagen jaune afin de surveiller l'entrepôt de Sligo. L'endroit était tranquille.

AOÛT

15:13

Les signes d'animation chez Oriana de Witt ne manquaient pas, aujourd'hui. Sumo entrait et sortait de la maison, les bras chargés de cartons. J'ai essayé de m'approcher de la Mercedes bleu foncé pour épier la demeure mais j'ai renoncé. Trop risqué.

Une fois son travail terminé, Sumo s'est installé au volant de la Mercedes et a démarré. J'ai décidé de le suivre.

Il ne fallait pas que je le perde de vue, sans pour autant le coller de trop près. Heureusement, plusieurs feux rouges l'ont obligé à s'arrêter et m'ont facilité la tâche.

Il a effectué une première halte dans un bar-tabac. J'ai patienté sur le trottoir opposé. Je rongeais mon frein. J'espérais qu'il n'y passerait pas l'après-midi...

16:20

Une heure plus tard, il est ressorti en rangeant une liasse de billets dans son portefeuille en peau de crocodile.

Puis il a descendu la rue à pied, dépassé cinq ou six boutiques, et s'est engouffré dans une pharmacie qui faisait l'angle.

Curieux de voir ce qu'il achetait, j'ai attaché mon vélo à un poteau et jeté un coup d'œil à travers la vitrine.

Il s'est adressé à un pharmacien, debout derrière le comptoir. Ce dernier lui a désigné un paquet sur un plateau en plastique. Je me suis approché en vain. L'étiquette était illisible. Je devais entrer dans le magasin.

Une sonnette a retenti dès que j'ai franchi le seuil. Je me suis empressé de disparaître derrière un présentoir de maquillage et vernis à ongles. De là, j'ai réussi à déchiffrer l'inscription sur le colis : *Nutrition intraveineuse. Formule équilibrée.*

Cette information me suffisait amplement. Je suis retourné en courant à mon vélo, j'ai détaché l'antivol, coiffé mon casque et sauté en selle, prêt à suivre Sumo jusqu'à ma petite sœur.

J'ai sorti mon téléphone.

– Boris ! C'est Oriana de Witt qui a enlevé Gaby !

16:27

Sumo a quitté la pharmacie avec le paquet sous le bras puis regagné la Mercedes et démarré.

Je me sentais regonflé à bloc. Gaby était vivante ! Si Sumo achetait ce médicament, c'était forcément pour elle.

AOÛT

Je me suis mis à pédaler comme jamais. Malheureusement la Mercedes a bifurqué vers l'autoroute et en quelques secondes, je l'ai perdue de vue. Sumo avait disparu.

Impuissant, j'ai cessé de pédaler et laissé la bicyclette avancer en roue libre.

29 août
J –125

12 Lesley Street

13:15

– Oriana de Witt est responsable de l'enlèvement de ma sœur, c'est certain. Et pourtant Gaby ne se trouve pas chez elle. Sumo quittait la ville par l'autoroute quand j'ai perdu sa trace. Il est évident qu'ils la retiennent prisonnière ailleurs. Mais où ? Ça me rend fou !

Assis autour de la table en compagnie de Boris et Winter, rongé par l'impatience, je scrutais fixement mon portable en attendant qu'il me donne signe de vie.

Winter a posé sa main sur la mienne mais je l'ai retirée brusquement.

Quand, enfin, la sonnerie tant espérée a retenti, nous avons sursauté tous les trois en même temps.

– Oui ? ai-je dit en m'emparant nerveusement de l'appareil.

– Si tu veux revoir ta sœur vivante, a annoncé la même voix déformée que la dernière fois, écoute attentivement mes instructions.

– J'écoute.

– Premièrement, ne parle à personne de notre rendez-vous.

J'ai levé les yeux vers mes amis. Impossible de leur cacher quoi que ce soit, ils étaient déjà au courant de toute l'affaire ! J'espérais que mon interlocuteur faisait plutôt allusion à la police.

– Qui êtes-vous ? ai-je tenté.

Comme si je n'avais rien dit, la voix anonyme a continué :

– Deuxièmement, rends-toi à Billabong. Tu attendras au Billabong Café, dans le centre. Rendez-vous là-bas à 21 heures le 31. Viens seul, sans arme, et apporte tout ce que tu prétends posséder. Compris ?

– Compris. Mais comment puis-je être certain que vous libérerez Gaby ?

Ma question est restée sans réponse.

– L'échange aura lieu au bord d'une route. Tu recevras tes prochaines instructions au café.

– Attendez, suis-je intervenu, mon cerveau fonctionnant à toute allure. Si j'accepte de vous suivre, vous ne pourrez pas laisser ma sœur au bord d'une route, en pleine nature ! Je viendrai accompagné d'une amie qui la ramènera saine et sauve chez elle.

J'ai levé les yeux vers Winter.

Devinant ma question muette, elle a hoché la tête d'un air grave. Le silence s'éternisait à l'autre bout de la ligne. Seuls des murmures me parvenaient. Ils devaient être en train de discuter ma proposition. Enfin, la voix a repris :

– Très bien. Tu peux amener ton amie. Mais si vous êtes plus de deux...

– Je viendrai avec elle seulement.

– Et pas de flics.

Un petit rire m'a échappé.

– Vous plaisantez, ou quoi ? Marché conclu. Le Billabong Café. À 21 heures le 31.

La communication a été coupée.

– Je veux venir, moi aussi ! a protesté Boris.

– On ne peut pas risquer qu'ils s'aperçoivent de la présence d'un troisième individu dans les environs quand l'échange aura lieu.

– OK. Mettons au point un plan alors, a suggéré Boris.

– Oui. Je préviens tout de suite Nelson Sharkey.

Fitform

14:45

Nelson nous a fait signe de le rejoindre dans le petit bureau de la salle de gym où il était assis devant un ordinateur. Il voulait nous montrer quelque chose. Nous nous sommes tassés tous les quatre devant l'écran où s'affichait une carte.

– Billabong se trouve assez loin, à l'ouest, a-t-il annoncé en zoomant sur la ville.

Elle était située au bord de la Spin River et de la voie ferrée, à une dizaine de kilomètres de la commune de Melrose.

– C'est un patelin minuscule, a observé Winter. Il n'y a qu'une rue principale.

– Comment échafauder un plan alors qu'on ignore où l'échange doit avoir lieu ?

– On peut toujours se documenter sur l'endroit et ses environs, a déclaré Nelson. Plus on rassemblera d'informations, mieux on sera préparés à agir vite et bien, le moment venu. Les échanges de ce genre se déroulent souvent dans des coins isolés où il y a peu de circulation. Étudions Billabong et ses alentours. Ils savent que tu viendras à pied. L'échange aura donc lieu à proximité du café.

Nelson a réduit l'image sur l'écran et obtenu une vue plus large de la minuscule agglomération et de ses alentours.

– Ce pont me semble le lieu idéal, a-t-il commenté. On utilise souvent les ponts pour les restitutions d'otages, car ils sont faciles à bloquer et à surveiller. Envisageons cette possibilité comme point de départ.

– Oui, c'est parfaitement plausible, a acquiescé Winter, les yeux rivés sur la carte.

– Et ça, c'est quoi ? ai-je demandé en désignant ce qui ressemblait à un autre pont, plus petit, en aval de la rivière.

Nelson a zoomé dessus, puis hoché la tête lentement.

– Celui-ci me paraît encore plus intéressant. À leur place, c'est celui que je choisirais pour procéder à l'échange. Il doit être très peu fréquenté, vu que le pont principal est plus proche de la ville et donc plus pratique.

Billabong n'avait que deux ponts. Nous avions peut-être identifié le lieu de l'échange !

Sharkey a pivoté sur sa chaise pour nous faire face :

– Bon. Voici mon plan. Je vous emmène tous les trois à Melrose. Cal, de là tu prends le train pour Billabong avec Winter.

Il s'est tu un instant avant de reprendre en me fixant :

– Pour plus de sûreté, je te procurerai une fausse carte d'identité. Une fois arrivés, vous vous rendrez au café où vous attendrez, comme convenu. Ils vous surveilleront pour vérifier que vous êtes seuls. Dès qu'ils vous auront téléphoné, il faudra que vous m'alertiez sans délai. Je serai déjà installé dans une chambre du motel vers la sortie de la ville, avec mon fils, fraîchement tondu.

Tout en prononçant ces mots, il a empoigné les boucles de Boris d'une main et a fait mine de les couper de l'autre.

– Comment ça, fraîchement tondu ? a grommelé ce dernier en se grattant la tête.

J'ai éclaté de rire.

– À ton tour de changer de look, vieux. Je suis sûr que ça t'ira à ravir !

– Il est possible qu'ils te connaissent de vue, a précisé Sharkey. Un bon coup de tondeuse fera l'affaire. Ta propre mère ne te reconnaîtra pas, et l'ennemi non plus.

L'expression horrifiée de Boris a amené un sourire sur les lèvres de Winter, qui a renchéri.

– Ne t'inquiète pas. Je suis d'accord avec Cal : cette nouvelle coupe t'ira sûrement très bien, Boris. Et je m'en chargerai avec plaisir, j'ai toujours adoré couper les cheveux de mes poupées.

– Dès que Gaby sera libérée, a repris plus sérieusement Nelson, Boris et moi entrerons en scène en intervenant par surprise. Nous nous occuperons du ou des ravisseurs pendant que Cal et Winter courront mettre Gaby à l'abri dans ma voiture. Puis on filera tous ensemble. L'opération ne doit durer que quelques secondes pour que nos ennemis soient pris de court. C'est notre seule chance. Compris ?

Tous les trois, nous avons répondu d'une même voix :

– Compris !

31 août
J –123

19:50

Il tombait des cordes depuis deux jours sans discontinuer, mais lorsque nous sommes montés dans le train à Melrose après avoir quitté Sharkey et Boris, la pluie a cessé. Non seulement il faisait froid[1], mais la perspective de cette rencontre avec les ravisseurs de Gaby assombrissait mon humeur morose.

Nous avions réalisé des copies des dessins à l'intention des ravisseurs. Je préférais m'assurer que personne ne s'emparerait des originaux. Chaque ligne avait été tracée par la main de mon père. J'y tenais comme à la prunelle de mes yeux.

1. En Australie, et dans tout l'hémisphère sud, les saisons sont inversées.

Livrer tous les indices que j'avais eu tant de peine à réunir me décourageait. Heureusement, Winter avait eu une idée géniale : trafiquer les copies des dessins à remettre à mes adversaires, de façon à les aiguiller sur une mauvaise voie.

La veille au soir, elle s'était appliquée à les recopier un par un en prenant soin d'y apporter des différences subtiles qui les rendraient impossibles à déchiffrer.

Sur celui du majordome, par exemple, elle avait modifié la valeur des deux cartes posées sur le plateau. Elle avait également supprimé la balle sous la patte du singe au collier, transformé en « 6 » le « 5 » inscrit dans un ovale au-dessus de la porte, et décalé le point qui séparait les noms « Kilfane » et « G'managh » sur le calque.

J'ai examiné les copies. Winter avait accompli un travail formidable : j'aurais pu me faire duper moi-même en croyant avoir sous les yeux les dessins originaux de mon père.

Si notre plan se déroulait comme prévu, les truands ne mettraient même pas la main sur ces faux. Pas plus que sur moi. Et Gaby retrouverait la liberté.

Par contre, si les choses tournaient mal…

J'avais prévenu Sharkey qu'il aurait affaire à des individus retors et coriaces, qui n'hésiteraient pas à venir armés. J'espérais que, de son côté, il avait pris les précautions nécessaires. S'il arrivait quoi que ce soit à mes amis, jamais je ne me le pardonnerais.

Winter avait tondu la crinière frisée de Boris et n'avait laissé qu'un demi-centimètre de cheveux sur son crâne. J'ai cru qu'il allait pleurer en voyant ses longues boucles s'accumuler par terre autour de lui. En fait, cette coupe lui donnait un look génial et il s'est vite consolé. Winter et moi l'avons même surpris à sourire au miroir qui lui renvoyait son reflet.

Dans le train, Winter s'est assise en face de moi. Les yeux braqués vers les collines auréolées par la lumière du soir, elle avait l'air calme, concentrée. À l'horizon se dressaient les sommets des montagnes saupoudrés de neige.

Un frisson glacial m'a parcouru de la tête aux pieds.

20:23

Une fois descendus du train, nous avons rejoint le centre de l'agglomération sous une légère bruine. Un néon jaune pâle annonçait « Billabong Café ». Normalement Boris et Sharkey étaient déjà installés au motel.

En dehors du Billabong Café, du motel et d'un pub situé un peu plus loin, de l'autre côté de la rue, tout semblait fermé. On se serait cru dans une ville fantôme.

– Ça va ? m'a demandé Winter.

– Autant que possible, vu les circonstances. Et toi ?

– Pareil.

Elle m'a pris la main. Cette fois-ci je ne l'ai pas retirée.

– Tu n'es pas obligée de m'accompagner, Winter.

Elle a souri en me serrant les doigts, comme pour signifier qu'il était hors de question qu'elle me laisse tomber.

Je me suis senti envahi par une chaleur agréable et une assurance nouvelle.

À la gare, deux ou trois personnes nous avaient jeté des regards curieux, sans doute parce que nous n'étions pas d'ici. Ou peut-être parce que nous formions un joli couple. Du moins, je l'espérais.

– Est-ce mon imagination qui me joue des tours ? J'ai l'impression qu'on nous surveille ! a murmuré Winter.

– Ce n'est pas ton imagination.

J'étais certain moi aussi qu'on nous épiait.

AOÛT

Billabong Café

20:40

Nous avons choisi une table au fond de l'établissement, dans un espace tout en longueur décoré de guirlandes de fleurs synthétiques poussiéreuses suspendues aux appliques. Nous étions les seuls clients, et le patron paraissait impatient de fermer la salle. L'air empestait la vieille friture.

J'ai réalisé que je tremblais ; pas de peur, plutôt de nervosité et d'impatience. Winter a commandé deux milk-shakes tandis que, sous la table, j'envoyais un texto à Boris.

Ns som au Kfé.

OK. On é prè aussi.

21:21

J'ai voulu goûter mon milk-shake. Impossible tant j'avais la gorge nouée. Juste au moment où j'essayais à nouveau, mon portable a sonné.

J'ai répondu immédiatement :

– Allô ?

– Tu as tout apporté ? a demandé la voix déformée.

– Oui.

– Rendez-vous sur le pont qui enjambe la rivière. Laissez la gare sur votre droite et suivez la route jusqu'au pont, de l'autre côté de la ville. Vous avez trente minutes. Une fois là-bas, attendez. Ne traversez pas. Vous recevrez d'autres instructions. Compris ?

– Oui, mais je...

– Compris ? a répété la voix.

– Compris.

Une fois la communication coupée, je me suis tourné vers Winter.

– Finalement, ils ont choisi le grand pont, ai-je murmuré. Il faut prévenir Boris et Sharkey.

Winter a baissé les yeux, pour m'indiquer le dessous de la table.

Tout en continuant à lui parler, au cas où quelqu'un guetterait ma réaction, j'ai enfoncé, à l'aveugle, les touches de mon portable posé sur mes genoux.

Gd pon. M1tnan.

Abandonnant nos milk-shakes presque intacts, nous avons payé et nous sommes empressés de quitter le café.

AOÛT

Spin river

21:31

Dehors il ne pleuvait plus, mais la nuit était froide et brumeuse.

Très vite, après un garage situé à l'extrémité de la rue, nous nous sommes retrouvés en pleine campagne. J'ai jeté un coup d'œil par-dessus mon épaule. Billabong s'était assoupie. Hormis les réverbères, de rares lumières éclairaient les fenêtres. Un vague sentier pour piétons suivait le bas-côté de la route au milieu des mauvaises herbes.

– S'il arrive quelque chose ce soir... ai-je commencé.

– Nous allons réussir, Cal. Il le faut.

– Si ça se passait mal... pour moi, promets-moi que tu feras tout ton possible pour ramener Gaby auprès de ma mère.

Winter s'est arrêtée et m'a saisi le bras, l'air soudain inquiète, effrayée, mais déterminée.

– Gaby s'en sortira saine et sauve. Tu peux compter sur moi.

Et je savais que je pouvais compter sur Boris, aussi.

Nous nous sommes remis en marche, nos souffles formant des petits nuages blancs devant nos bouches.

La route s'élevait en pente douce. Du haut de la côte, j'ai soudain aperçu un pont à deux voies, en contrebas.

– Voilà la Spin River et le pont.

Six lampadaires l'éclairaient.

– Écoute, a dit Winter. On entend la rivière. Il doit y avoir un courant énorme après toute cette pluie.

On voyait en effet de l'écume jaillir sur les rochers fouettés par l'eau, plusieurs mètres sous le tablier du pont.

Depuis vingt minutes que nous étions partis du Billabong Café, une seule voiture nous avait dépassés. Les deux voies du pont étaient désertes. L'autre côté était envahi par les ténèbres. Pourtant, quelque part, Gaby et ses ravisseurs étaient embusqués.

J'ai pris une profonde inspiration et redressé les épaules.

– OK. On y va. On va récupérer Gaby.

– Et Sharkey et Boris ? a demandé Winter tandis que nous dévalions la pente.

– Ils sont sûrement cachés dans l'obscurité. Ils surveillent nos arrières avant de passer à l'action.

– Mais je ne vois pas la voiture de Sharkey, a insisté Winter en scrutant les alentours.

– Elle est forcément par là. Ils ont dû s'arrêter sur cette hauteur, derrière nous. La surprise va jouer en notre faveur. Les autres ne s'attendent pas à une attaque – juste à voir arriver deux ados obéissants. Dès que possible, tu t'empares de Gaby et tu cours à la voiture. OK?

Winter a acquiescé et ajouté :

– Ensuite, on s'y retrouve tous et on file, laissant les ravisseurs bredouilles – sans Gaby, sans les documents, et sans toi ?

– Exactement.

– Ils nous poursuivront.

– Sans doute. On verra bien.

Winter ne paraissait pas très rassurée. Aussi peu rassurée que je l'étais en mon for intérieur, mais je ne voulais rien en laisser paraître.

– Tu sais conduire ? ai-je repris. Si jamais Sharkey, Boris et moi mettons trop de temps à regagner la voiture, pars avec Gaby, loin d'ici, sans un regard en arrière.

– Impossible, Cal, je ne vous laisserai pas tomber. Jamais je ne t'abandonnerai.

– Je t'en supplie, Winter. Tout ce qui compte, c'est de sauver Gaby. Sharkey, Boris et moi, on forme une véritable équipe de choc, ne t'inquiète pas pour nous. On se débrouillera toujours pour s'en sortir et vous rejoindre.

Je sentais mon pouls s'accélérer en pensant à l'embuscade.

– S'ils s'attendent à voir débarquer avec toi une brave fille qui vient juste jouer les baby-sitters, ils vont avoir une sacrée surprise !

– Tu es prête, alors ?

– Allons-y.

Nous avons avancé sous le couvert des buissons pour ressortir sur la route juste avant le pont. Le ciel s'éclaircissait. Une demi-lune timide était apparue entre les nuages et le bruit de la rivière en crue emplissait la nuit. Un large bras d'eau se précipitait en rugissant sous le pont, puis rétrécissait et s'incurvait avant de disparaître dans la pénombre.

Nous avons patienté à l'extrémité du pont. Il n'y avait personne en vue.

À cette heure tardive, seuls les renards et les autres créatures nocturnes déambulaient dans les buissons avoisinants. Quelque part sur les berges, des pluviers déchiraient la nuit de leurs cris perçants.

Winter se tenait à ma gauche. Je transpirais à grosses gouttes, me répétant tout bas : « J'arrive, Gaby. Je viens te chercher. Tiens bon. » Je broyais entre mes mains le paquet que je devais remettre aux ravisseurs, priant pour que Sharkey et Boris aient réussi à exécuter leur part du plan.

AOÛT

Une brise glaciale agitait les feuilles argentées des gommiers qui poussaient en rangs serrés au bord de l'eau. D'épais nuages sont passés lentement devant la lune pâle. Le monde s'est encore obscurci.

J'ai jeté un coup d'œil à mon portable. Il était plus de vingt-deux heures.

Et toujours personne à l'horizon.

22:22

La bruine s'était remise à tomber. Soudain, il m'a semblé entendre un bruit. Je me suis retourné brusquement. Rien.

Inquiets, Winter et moi avons avancé de plusieurs pas sur le pont.

Et si les ravisseurs avaient changé d'avis, vu quelque chose qui ne leur avait pas plu, et fait demi-tour ? J'ai senti un sanglot m'obstruer la gorge. Je me suis empressé de le ravaler. Dès le mois de janvier, j'aurais dû persuader ma mère de quitter le pays. Rien de tout cela ne se serait produit. Gaby serait saine et sauve avec nous, dans un endroit sûr, et non transformée en monnaie d'échange par des truands prêts à tout pour élucider la Singularité Ormond. J'aurais dû…

Mon portable a sonné.

– Je suis là, ai-je dit. Exactement à l'endroit convenu, à l'entrée du pont. Et vous ? Où êtes-vous ? Où est Gaby ?

– Tu le sauras bientôt. Ne bouge pas.

La ligne a été coupée. Le bruit d'une voiture lancée à pleine vitesse nous est parvenu de l'autre rive. Des phares s'approchaient du pont.

– Les voilà ! a crié Winter en frissonnant et en m'agrippant le bras de toutes ses forces.

J'ai crispé les doigts sur le paquet que je devais remettre aux ravisseurs.

La voiture a ralenti puis elle s'est arrêtée à mi-chemin entre les deux rives. Ses phares nous aveuglaient, nous obligeant à cligner des yeux. Il ne s'agissait pas de la Mercedes que je connaissais si bien.

Les phares se sont éteints.

J'espérais de tout cœur que, derrière nous, Sharkey et Boris, tapis dans le noir, se tiennent prêts à intervenir.

Je n'entendais rien d'autre que le rugissement de la rivière, dont le courant semblait s'accélérer en même temps que les battements de mon cœur. Le conducteur a ouvert sa portière, s'est redressé et a avancé de quelques pas.

– Ne bouge pas, ai-je murmuré à Winter en posant une main sur son bras.

Je me suis dirigé droit vers l'homme en agitant le paquet au-dessus de ma tête et en criant à tue-tête :

– Je suis là ! J'ai apporté ce que vous vouliez. Relâchez Gaby !

La silhouette est restée immobile un long moment. J'ai tenté en vain de distinguer si ma sœur se trouvait ou non dans la voiture.

Une voix a sifflé :

– Approche !

– Pas avant d'avoir vu ma sœur.

L'homme a fait volte-face et s'est dirigé vers la voiture. Allait-il partir ?

– Hé ! On avait conclu un marché ! Où est ma sœur ?

La silhouette s'est penchée à l'intérieur du véhicule, je ne parvenais pas à distinguer ce qu'elle faisait.

Que se passait-il ?

L'homme s'est éloigné.

Brusquement, la voiture a reculé et ses phares se sont rallumés.

Ils étaient deux à l'avant !

Dans le faisceau des phares, j'ai aperçu par terre, sur le côté du pont, un gros paquet.

Il a bougé.

– Gaby ! me suis-je écrié.

Instinctivement, je me suis mis à courir vers elle. Je voyais ses cheveux blonds et le haut de son front pâle dépasser d'un sac de couchage dans lequel elle était enfermée. À quelques mètres de moi ! Il était temps que ma garde rapprochée intervienne.

Une voix brutale m'a coupé net dans mon élan.

– Stop ! Ne bouge plus ! Pose devant toi les documents et lève les mains en l'air.

L'homme s'est déplacé dans la flaque de lumière d'un réverbère. Vêtu d'un anorak, un bonnet de laine enfoncé jusqu'aux yeux, il avait un visage dur et des lèvres aussi minces qu'un trait de crayon au-dessus de son menton mal rasé. Je ne le connaissais pas.

– T'es sourd ? a-t-il grondé. Pose les documents et les mains en l'air !

J'ai obéi, puis donné un coup de pied au paquet pour le pousser dans sa direction. Il a glissé sur trois ou quatre mètres.

Ensuite, montant lentement les mains au-dessus de ma tête pour prouver que je n'avais pas l'intention de résister, j'ai expliqué :

– Les indices dont vous avez besoin sont là : les dessins que mon père a réalisés avant de mourir, et aussi mes notes, des lettres et d'autres documents essentiels.

L'homme s'est penché pour ramasser le pli.

– Tout est bien là ?

– Absolument tout. Pour rien au monde je ne risquerais la vie de ma sœur. Est-ce que mon amie peut aller la chercher maintenant ?

Winter est sortie de l'ombre. Elle a attendu à côté de moi, les mains en l'air elle aussi.

Le kidnappeur a hoché la tête tandis que Winter s'avançait vers Gaby étendue sur la chaussée.

– Toi, a-t-il lancé en me désignant. Viens ici. Et n'essaie pas de faire le malin.

Boris ! Sharkey ! Bon sang ! Qu'est-ce que vous attendez ?

Je me suis approché sans quitter ma sœur des yeux. Winter était penchée sur elle.

Brusquement, les phares se sont éteints, nous plongeant dans une obscurité totale. J'ai juste eu le temps de distinguer une ombre furtive sur la banquette arrière de la voiture.

Où étaient passés Nelson et Boris ?

J'ai pivoté sur moi-même, espérant aider Winter à éloigner Gaby, mais le truand a beuglé :

– Un seul geste et je tire !

Je me suis figé sur place. Winter a laissé échapper un cri d'effroi.

– OK ! OK ! On ne bouge plus ! ai-je hurlé.

Je n'osais rien entreprendre qui aurait pu mettre la vie de ma sœur en danger.

Soudain, j'ai entendu le rugissement d'un moteur derrière moi, et la voiture de Nelson s'est engagée sur le pont, tous phares allumés !

Surpris, le type à l'anorak a bondi en arrière en se protégeant les yeux avec le bras.

Enfin, ils arrivaient à la rescousse.

– Il est armé ! ai-je crié quand la voiture s'est arrêtée à ma hauteur dans un crissement de pneus.

Nelson et Boris en ont jailli, le moteur tournait encore. Nelson a sauté sur l'homme, le projetant à terre. Le revolver a glissé sur la chaussée et Boris s'est jeté dessus.

– Attention, il y a un complice dans la voiture ! l'ai-je prévenu.

Aussitôt, Boris a pointé l'arme en tremblant sur le véhicule des ravisseurs. À ce moment précis, les phares de la voiture se sont rallumés. Aveuglé, Boris était incapable de mettre en joue sa cible.

– Vite ! Montez dans la voiture ! ai-je lancé à Winter et Gaby.

Winter a soulevé maladroitement Gaby dont le corps inerte était difficile à porter.

Soudain un deuxième homme a surgi. C'était un véritable colosse !

Fonçant sur Boris, il lui a ôté le revolver des mains d'un simple coup de pied avant d'envoyer mon ami au sol. Ensuite, il a décoché un coup de poing à Winter, puis s'est saisi de Gaby dont il a balancé le petit corps fragile sur son épaule, comme un vulgaire sac de pommes de terre. Winter s'est affalée sur la chaussée.

Enveloppé d'un imperméable noir, un chapeau enfoncé sur la tête, le truand se dressait devant moi, immense, menaçant.

– Arrière, sale petit voyou ! a-t-il craché en reculant et en glissant sa main libre dans son dos.

Croyant qu'il allait sortir une arme, j'ai crié à mes amis :

– Baissez-vous !

Sharkey luttait toujours avec le premier truand dans un corps à corps désespéré dont il ne semblait pas prendre le dessus.

Derrière moi, Winter a hurlé :

– Laissez-la, espèce d'ordure !

– Tu la veux, ta frangine ? m'a nargué l'homme au feutre noir. Tiens, attrape !

Il a soulevé Gaby et l'a lancée par-dessus le parapet du pont.

Nous étions pétrifiés d'horreur.

Mes jambes ont cédé sous moi, je suis tombé à genoux. Le monde s'est mis à tourner, j'avais envie de vomir. J'ai juste entendu le bruit du corps frappant l'eau.

– Gaby ! Non ! ai-je hurlé.

Et sans hésiter une seconde, je me suis relevé et j'ai enjambé le parapet.

– Cal ! Arrête !

Le cri de Winter m'est parvenu alors que je plongeais tête la première dans le courant rapide et gelé, sans me soucier des rochers déchiquetés qui parsemaient le lit de la rivière. Je ne pensais qu'à sauver Gaby.

23:02

J'étais sous l'eau comme dans un cauchemar. À force de battre des pieds et des mains, j'ai fini par émerger.

– Gaby !

Ballotté par les flots, j'ai crié son nom dans la nuit.

Comment la retrouver ? Le courant violent m'éloignait inexorablement du pont.

J'ai tourné la tête de tous côtés, cherchant à repérer ma sœur. J'imaginais que le sac de couchage aurait amorti sa chute et lui permettrait de flotter.

Je ne distinguais que les clapotis de la rivière en crue et l'ombre noire des berges qui défilaient à toute vitesse.

Étouffant à moitié, j'ai continué à m'époumoner :

– Gaby ! Gaby !

J'ai plongé à plusieurs reprises. Sous la surface, l'eau était moins agitée. Je devenais fou. Dans son état d'inconscience, Gaby n'avait pas la moindre chance de survie – elle n'aurait aucune réaction instinctive. Et dès que le sac de couchage serait gorgé d'eau, il l'entraînerait vers le fond.

J'ai tâtonné à l'aveugle autour de moi. Mes doigts ne heurtaient que des pierres et de la vase, du bois mort et des feuilles.

Le froid commençait à me paralyser. J'avais mal aux oreilles, mal à la tête.

En plongeant une fois de plus, je me suis cogné contre un gros tronc d'arbre aux branches tordues. Je m'en dégageais tant bien que mal lorsque j'ai senti le tissu sous mes doigts ! Le tissu épais du duvet !

Je l'avais retrouvée !

Pourvu qu'elle soit toujours vivante...

J'ai empoigné le duvet à bras-le-corps pour la remonter à la surface.

Il était vide. Ma sœur avait été emportée par le courant tumultueux de la Spin River !

Quand j'ai émergé, un hurlement terrible s'est échappé de ma gorge. Fou de désespoir, j'ai donné un coup de pied au tronc d'arbre et déchiré le sac de couchage.

Gaby avait disparu.

J'ai nagé jusqu'à la rive. Au bout de multiples tentatives, j'ai réussi à me hisser sur la terre ferme.

J'avais tout raté.

J'avais été incapable de conserver l'Énigme et le Joyau Ormond.

Pire encore, j'avais été incapable de protéger et de sauver ma petite sœur…

Gaby a-t-elle été emportée par la rivière ?

Qui a tendu ce piège à Cal ?

Ryan Spencer est-il le frère jumeau de Cal ?

La réponse en librairie
dès le 18 août dans

CONSPIRATION 365

SEPTEMBRE

Retrouve Cal
et toute l'actualité de la série

CONSPIRATION 365

sur le site

www.conspiration365.fr

un **forum** pour dialoguer avec les autres fans,
des **infos** (résumés des épisodes...),
des **cadeaux**, des **accessoires**, des **objets**
(badges, tee-shirts, sac à dos...),
des **surprises** (vidéos, quiz, concours,
fonds d'écran de portable...).

L'auteur

Née à Sydney, Gabrielle Lord est l'auteur de thrillers la plus connue d'Australie. Titulaire d'une maîtrise de littérature anglaise, elle a animé des ateliers d'écriture. Sa quinzaine de romans pour adultes connaît un large succès international.
Dans chaque intrigue policière, elle attache une importance primordiale à la crédibilité et tient à faire de ses livres un fidèle reflet de la réalité.
Elle a suivi des études d'anatomie à l'université de Sydney, assiste régulièrement aux conférences de médecins légistes, se renseigne auprès de sociétés de détectives privés, interroge le personnel de la morgue, la brigade canine ou les pompiers, et effectue aussi des recherches sur les méthodes de navigation et la topographie. Au fil du temps, elle a tissé des liens avec un solide réseau d'experts.
Depuis plusieurs années, Gabrielle Lord désirait écrire des romans d'action et de suspense pour la jeunesse. C'est ainsi qu'est née la série *Conspiration 365*, qui met en scène le personnage de Cal Ormond, adolescent aux prises avec son destin.

Impression réalisée par

BRODARD & TAUPIN

La Flèche

pour le compte de Rageot Éditeur
en mai 2010

Imprimé en France
Dépôt légal : juin 2010
N° d'édition : 5195-01
N° d'impression : 57666